亞細亞的象形詩維

台灣現代詩・大陸當代詩歌・馬華現代詩・亞洲中文現代詩

【陳大爲・2000】

目　錄

【卷 一】
台灣現代詩

虛擬與神入

在語字中安排宇宙

胃的殖民史

虛擬與神入

——論羅智成詩中的先秦圖象

序

歷史是史家透過想像所建構的過去，不能與真正發生過的事件真相劃上等號，因此歷史無法重現，所有的史籍都是一種移動的、有問題的論述（盧建榮，1996：17）。當然我們無法透過任何文學形式「重現」過去的歷史時空，我們只可以「重構」。重構即是一種主觀的詮釋，而觀點本身所包含的理念和認知、視野和創意，決定了該文學作品的先天價值。它除了必須面對不同讀者的閱讀水平與期待視野（Erwartungshorizont）之外，還得面對歷史文獻對同一人物與事件所達成的論述深度與廣度。如果一首詩最終呈現的觀點與敘述，仍舊跳不出我們熟透的論調與情節，那作者不過炒了一盤歷史的冷飯，這首詩的創作價值便萎縮大半。

翻閱七〇年代末到八〇年代初期，國軍文藝金像獎的長詩獎和中國時報文學獎敘事詩獎的得獎詩作，就可以發現長詩／敘事詩一度成為詩壇的重要文類，它大致上可分為三個創作方向：（一）以朗誦為

基礎的抒情詠嘆之作，如白靈〈大黃河〉、碧果〈龍族的聲音〉；（二）以當時或近年來的社會事件爲題材的敘事詩，如陳黎〈最後的王木七〉、焦桐〈懷孕的阿順仔嫂〉、蘇紹連〈雨中的廟〉；（三）以神話或歷史人物事件爲敘述對象，如趙衛民〈夸父傳〉和〈后羿傳〉、羅智成〈說書人柳敬亭〉、〈離騷〉與〈問聃〉等等。

本文的論述焦點即是以歷史人物爲主題的敘事詩，因爲它必須超越最多的創作障礙與期待視野，哲學系出身的羅智成（1955－）在這方面的成就最突出。他憑著獨特的靈視、語言和技巧，以〈西狩獲麟（上卷）〉（1975）、〈那年我回到鎬京〉（1980）、〈問聃〉（1981）、〈離騷〉（1982）、〈墨翟〉（1983）、〈荀子〉（1983）、〈莊子〉（1983）等七首共八百行的中長詩篇，成功營構了當代台灣新詩史上罕見的「先秦圖象」。

這個「先秦圖象」在古典印象中與現代語言化合而一，在歷史的共同記憶裡融入個人的視野與創意。更重要的是羅智成在刻劃人物性格的同時，營造出作爲敘事基礎的當代哲學氛圍。如此一來，氛圍強化了人物的歷史性，人物深化了氛圍的真實感，兩者相得益彰。

本文將進行兩個層面的分析，首先爬梳先秦空間的重構過程，其次則是歷史人物／事件所構成的文化內容與價值。再經由兩者的結合，廓清羅智成筆下的「先秦圖象」。

一、虛擬：先秦空間的重構

即使是中文系出身的讀者，在閱讀先秦典籍的時候，其焦點往往

是諸子的哲學思想和語言特色,不太會去構想當時整個市郡城邦的生活圖景。可是經由各篇文章裡的人物行動(譬如席地而坐),及日常用具(例如草履、斗笠、觥籌),不自覺的累積成一種潛藏於閱讀經驗中的「內生圖象」(Endogene bilder)。它也許因時間久了而變得模糊,反之如果在閱讀中多次重複出現,它的影像就會逐漸清晰,事物的種種特徵在意識或潛意識裡沉澱、凝聚成一個立體的圖象。一旦審美主體進入審美過程,內生圖象便會不自覺的,被主體意識拿來跟該作品所提供的外來圖象作比較。在相符或相悖的閱讀感受中,讀者與作品之間必然展開接受、排斥或(被)說服的互動。

在羅智成選擇「先秦」作爲敘事場景之前,他一定考慮到中文系讀者的期待視野,他重新建構的「先秦圖象」要面臨這些讀者內生的先秦圖象之挑戰。所以本節先以中文系讀者[1]爲羅智成第一順位的隱藏讀者(implied reader),而一般讀者爲第二順位,分兩個角度進行分析、評價他所達成的閱讀效果。

羅智成的眾多詩作當中,最早觸及先秦題材的是〈西狩獲麟(上卷)〉(1975)。史書上記載帝王獲麟的年代有兩次,一次是孔子所處的東周(《春秋》的紀年止於獲麟),另一次是司馬遷所處的西漢(《史記》的紀年也止於獲麟)。可是這首詩並沒有明確的時空座標,敘述者既非孔夫子亦非太史公,而是「我們」和「我」。前者在追獵一頭「幼駒(他/麒麟)」,所有的敘述在正文中展開;而後者的對象卻是

---

[1] 本文之所以選擇中文系讀者爲第一順位指標,乃因爲中文系含蓋了文(現代與古典)、史、哲三個領域的知識。作爲一個讀者指標,它兼具了深度和廣度。

「妳」，所有的獨白在括號內綿綿傾訴：

　　他已停格

　　他只是一匹身骨凜冽的幼駒

　　正被追獵

　　像一個儲君

　　⋯⋯⋯⋯⋯⋯

　　（我們被白髮追獵，被曠燕所追獵——

　　聽我說，妳曾是一面明鏡，映白雲為心

　　我曾是天空，曾是塵埃

　　在雨裡，我曾也是諦聽了又諦聽自己的雷聲）

　　　　　　　　　　　（羅智成，1979：137）

很顯然，羅智成為了超越中文系讀者對兩次獲麟的史籍印象（儘管它是相當模糊的），他首先模糊掉獲麟的時代，再加入另一條敘事軸線，讓偉大而且神奇的歷史事件和堅貞不渝的男女情戀，如麻絮糾結，前者演出於正文之中，後者獨語在括號之內。「我們」和「我」各有所鍾，「他／麒麟」和「妳」對追獵者而言，其價值是相等的。這次「獲麟」所呈現的是古今兩種價值觀的對話，頗見創意。再者，羅智成用「大雨」替歷史事件披上神祕的外衣，同時也讓男女情戀更為淒美纏綿。

　　為了緊扣著本節的論述主題，我們有必要採取詮釋學的詮釋方法，把括號內的敘事軸線「括號」（bracket）起來，存而不論，單純的去把握文本中的歷史空間。於是我們清楚看到一群古代的政客，在大雨中追獵象徵著盛世的麒麟：

　　我們冒雨趕至舞雩的臺前

　　四下寒蟬環伺

　　在雨的苛論裡，這萬柱的森林之殿

　　靜靜遺落滿了　花的耳朵

　　………………

　　我們冒雨趕至舞雩的臺前

　　四周瑣碎的光

　　他已停落臺前　只是匹氣質太過纖細的幼駒

　　萬葉傾光耳語　（同上：136-137）

雩，是旱祭的意思。古代求雨祭天，設壇命女巫爲舞，所以稱爲舞雩。《周禮・春官・司巫》中記載：「若國大旱，則帥巫而舞雩。」詩的開端想必是大旱（世道衰危的暗喻），不過大旱已在巫師的舞雩中解除，於是「我們冒雨趕至舞雩的臺前」——這裡面有一股按捺不住的狂喜，這股狂喜的延伸就是「獲麟」（藉此瑞獸來印證盛世已確實到來）。所有的描述在雨中展開，在雨的苛論（滂沱的視域）中，我們讀不到任何建築物的形繪，只讀到一個由植物意象組成的空間：「萬柱的森林之殿」、「萬葉傾光耳語」，連那瑞獸的眼神描寫，都是「枝葉隱蔽的潛沉」（同上：138）；同時我們又讀到令人屏息的「寒蟬環伺」，而承接這股聲源的卻是無比脆弱的「花的耳朵」。這一層強弱懸殊的聽覺構圖，讓雨中的世界顯得更豐沛且詭異。

　　令人錯愕的是：這被期待的瑞獸竟是一匹「氣質太過纖細的幼駒」。羅智成透過事實與期待之間的巨大落差，膛出一片全新的詮釋空間——牠／他，就像正被諸侯追獵的周室儲君——並吻合了中文系讀者在《春秋左氏傳》中讀過的政治概況。我們不自覺地被羅智成誘導，朝著牠／他內在的神思追逐而去，追逐一個誘人的謎底，「在絕

地裡，他的神思在遠處馳騁」（同上：138），我們隱隱窺見他的胸次
裡，有「最大最蕪最遠的一片土壤」（同上：138）。即使追到很近的
距離，彼此間還是用一種高度意象化的方式來溝通：

　　當他回轉注意，我們再次四目相投

　　我恍惚聽見

　　鑾珮交擊的聲音　　（同上：139）

沒有對話，卻在他的眼神，和停佇的喘息裡聽見「鑾珮交擊的聲音」。
正所謂「珮以制容，鑾以節塗」，繫於天子車駕馬勒兩旁的鑾鈴，以
及天子腰際的玉珮，都有規範行止緩急的作用；「鑾珮交擊」暗指瑞
獸／儲君內心不能靜止的聲音，具體的文化符徵，道盡抽象的帝王心
思，並延伸著畫面終止後的餘音。

　　雨的朦朧與神祕，龐大植物意象背後的蠻荒感，再加上巫師的舞
雩，和瑞獸／儲君的雙重心理狀態，羅智成企圖營造的空間感是極其
古老且半文明的，先秦似乎比西漢更爲吻合。可是空間的內容主要還
是經由獲麟事件來錨定（anchoring），空間本身的意象營構屈居佐證。
由此，我們更可以看出二十歲的羅智成，還把握不住先秦空間應有的
特質與元素，但他已經意識到如何在古典題材上尋求突破的途徑。所
以這首沒有下卷的〈西狩獲麟（上卷）〉，必須經由中文系讀者的詮釋，
才能解讀出它潛藏的意圖和時空內涵。如果換成一般讀者，恐怕無法
讀出獲麟爲何事，甚至誤讀了「幼駒」的指涉，以及整個事件的時空
背景，只感受到由「大雨」和飄浮動盪的語意所形成的神祕感。

　　從這首詩「符指過程」（semiosis），我們發現它需要一個具備中
國古典文學及現代文學的專業讀者，才能有效的進行「符解」
（interpretant）。就這點來說，它的創作考量並不夠周全。作爲一首

舊題新作的詩篇，它必須盡量降低對外緣文本（典故）的依賴，其自身盡可能擁有完善圓足的詮釋脈絡。

我們不妨將之定位為日後重構先秦圖象的「前文本」（pre-text），所有後來完成的先秦題材作品，都是它的「下卷」。

五年後（1980）羅智成的詩筆回到西周的國都「鎬京」。羅智成在這首〈那年我回到鎬京〉裡，虛擬了一個印象完整的先秦都會空間：

> 那年我回到鎬京
>
> 繞過文人的筆墨、浩瀚史籍
>
> 在怨懟指陳的事實裡
>
> 那些使我靈魂楚痛的線索……　（羅智成，1982：76）

這是比較後設的寫法，羅智成向讀者暴露出他是透過文章與史籍的閱讀，然後設定一個充滿「怨懟」與「楚痛」影像基礎，進而虛擬出昔年鎬京的生活圖景。這個影像基礎自第二段開始往下發展，貫穿全詩。從抽象的閱讀感晉升到具體的、細部的生活描繪，我們目睹了以下的畫面：

> 為寂靜的歷史印象
>
> 造訪一些絕滅了的鄉音；
>
> 我們席地而坐
>
> 話題不外乎小米、粗布和祭儀
>
> 他是訓練有素的貴族
>
> 為貧瘠的封邑自豪。
>
> 對子民有生疏的善意……　（同上：77）

「話題不外乎小米、粗布和祭儀」都是負面的刻劃，但它卻更能貼近（可能的）生活實況；「對子民有生疏的善意」，更是準確地切中我們

假想的諸侯形象。精簡，沒有一絲多餘的形容，極為成功的捕捉到百姓們貧瘠的生活境況。接著是一位「壞疽老者」道破平民百姓在這個兵戎亂世裡的存在意義：

> 「我們只是多了一口氣的泥俑
>
> 煙硝與姓氏的背景。」
>
> ．．．．．．．．．．．．．．．．．．
>
> 我們只能馴良地
>
> 沙質或石質地死亡……」　（同上：78）

西周末年，過度的分封導致征伐吞併的戰事不斷，人民竟是「多了一口氣的泥俑」，在不同姓氏諸侯的權力遊戲裡苟延殘喘，找不到生存的意義與目標，只能「沙質或石質地死亡」！「沙質或石質」正是整個鎬京給人的感覺——古樸、簡陋、易碎，這個簡單的句子將生命和空間的特質，緊密地融合成一體。

完成生動的平民心境的刻劃之後，沿著我們腦海中的負面印象，羅智成假借敘述者的一句對白，如此形塑那年鎬京的敗破景象：

> 「三兩貧戶棲息的土崗
>
> 猿猴侵佔的廟窟
>
> 旱雲高踞的樹椏……」　（同上：79）

比起〈西狩獲麟（上卷）〉，羅智成更注意到人物形象／心境與生活場景的結合描述，所以他能扼要地建構出一幅袖珍的先秦圖象。這個圖象對一般非中文系讀者而言，也不會有詮釋上的困難，它並不太依賴史料，因為它營造的是一種獨特的先秦氛圍。一種由羅智成大膽虛擬出來的歷史氛圍。許多歷史的意象和詞彙，靈巧地嵌入現代的語言當中，不但不見隔閡，更能牽動讀者的思維與感受，隨著羅智成的敘述

半沉迷的遊走。

我們當然不能要求一首四十六行的中篇詩作，完整地勾勒鎬京的全貌；可是對於一首長達二百八十餘行的組詩，我們應該苛刻地要求他重構一幅逼真的「想像性地理」（imaginary geography）。

從西都鎬京到東都洛陽，「沙質或石質」的先秦空間特質，在次年發表的〈問聃〉裡獲得更為充分、更加細部的鋪展：

> 沙礫遊行在泥版與窯洞的街市
>
> 車駕過隙便揚起
>
> 許久，又散落在陶器與耕具上
>
> 手工的街景更形粗舊。　（羅智成，1982：82）

至於「小米、粗布和祭儀」的話題，亦被大幅擴張成具有透視與縱深的洛陽城郊；「怨懟指陳的事實」成了「窮人的怨詈」；貧瘠的鎬京轉換成「日薄西山的洛陽」。這就是羅智成筆下，孔子和弟子們剛剛抵達的洛陽：

> 過了小米田，溝下的葛薑和農人的野炊
>
> 南宮敬叔說，就到洛陽了，夫子。
>
> 在那，短松崗下，就是河，濃稠的河
>
> 對岸，就是洛陽，日薄西山的洛陽
>
> 大師的童僕，已在路旁守候
>
> 蠅蚋也因人煙而聚集——
>
> 夫子，
>
> 再經過窮人的怨詈
>
> 富人的驕狂
>
> 我們就將進入洛陽，陳舊

木製的洛陽……　（同上：83）

在這一大段的敘述裡，南宮敬叔的手指導引著每位讀者的想像力，從小米田到短松崗，然後越過濃稠的河，進入洛陽。由近而遠，視覺的層層穿越，產生了立體的景象；接下來由老聃的童僕、蠅蚋、窮人的怨詈、富人的驕狂組構成洛陽的實際生活內容。這麼一個軟硬體兼具的、陳舊的、木製的洛陽都會圖景，活生生的展露在讀者面前。它帶著一縷懷舊的氣息，又具有幾分迷人的古典色澤，加上娓娓道來的、近距離的陳述語氣，它根本不需要任何文史哲的閱讀背景，它本身已經有足夠的訊息，讓各類型的讀者皆能身歷其景、神歷其境。對中文系讀者而言，則產生更大的共鳴。

羅智成並沒有讓孔子和讀者閒下來，我們「走過傾頹的樑木／苔侵的舞雩和年久失修的彩虹／我們來到旗桿下方／衰敗的旌旗淪爲蝙蝠的巢穴／他們在暮色中跌撞」（同上：84）。別忘記，這可是日薄西山的洛陽，於是我們的眼睛「沿著德行沒落的方向／來到荒蕪的井田中央」（同上：87），看到政權裡道德的淪喪，看到井田等民生制度的失效。此刻，我們彷彿立足於立體的衰敗景象之中。

接著他透過孔子的疑慮，從另一個角度來強化洛陽乃至整個東周的歷史感：

什麼事物，在歷史的初期

便使我們濃重地懷鄉？

什麼事物，像稀落的竹籬

心念所及，就一鞭鞭抽打在心坎？

為何那堅固的基業只能口傳給後代？

堯舜的國度怎會淪成歌謠和臆想？　（同上：87）

「歷史的初期」是一種後設的想法，指的是孔子當時的歷史時空，它對於當下閱讀此詩的我們而言，確實是歷史的初期。羅智成把孔子的當下「還原」到古早的東周，讓古早的孔子去感慨更古早的堯舜國度，讓孔子去懷念堯舜，去感慨夏朝盛世的不復出現。這種罕見的時空變化在此產生特殊的審美效果，加上他又將歷史感懷注射到空間的內容裡，再配合時間的推移變化，進一步激活了整個先秦空間的歷史感。

〈問聃〉一詩，就是透過這些複雜而且有創意的技巧，多角度地形塑了先秦圖象，進而烘托出人物的時代意義與哲學價值（容後再敘，在此不贅），所以它很值得討論。

隔年，羅智成發表了另一首近兩百行的長詩〈離騷〉。屈原投江的題材在數十年來，被無數的現代詩踐踏得十分稀爛，並僵化成某個特定的書寫模式。羅智成必須突破讀者腦海中多層重疊的屈原印象，超越前驅詩人的陰影，再化腐朽為神奇，否則這兩百行的長篇巨幅便成為一堆節慶專屬的語言垃圾。

結果他完成了兩項重大的突破，其一是人物性格方面的，其二便是楚國文化空間的成功虛擬：

> 你知道，南方
>
> 是特經許諾的……
>
> 多情的巫祝很相信這些
>
> 當時中國還未成形
>
> 羲和的車駕只到淮水，最多長江
>
> ⋯⋯⋯⋯⋯⋯⋯⋯
>
> 郢那時不過是一片沼澤啊　（羅智成，1982：104）

敘述者即是屈原本身,「你」是預設給讀者的聆聽位置。那是一片未
成形的蠻荒地域,連郢都也還是一片人跡罕至的沼澤。羅智成沒有引
進豺狼虎豹等慣用的森林意象,他選擇了巫術的氛圍。而且南方,彷
彿是屈原的宿命所在,一個讓他魂縈夢牽的家國、一片「特經許諾」
的投江之地。低緩延綿的傾訴語言本身,即是加重神祕感的雲霧,籠
罩整個雲夢大澤:

> 退隱的神祇和精靈
>
> 充塞於大氣中
>
>
> 整個雲夢——哎整個雲夢
>
> 都是蘭花啊! （同上:105）

神祇與精靈（楚文化的局部象徵）退隱在語言的霧氣背後,充塞著我
們虛無縹緲的想像空間;而蘭花的芬芳（敘述主體的生命情感）,則
把雲夢——整個雲夢幽深地鋪滿。這個高度虛幻感的想像性地理,由
於濃烈主體情感的注入（尤其對雲夢那種情緒飽滿的感嘆）,讓「南
方」擁有更淒迷的空間內容。

可是羅智成不就此住手,還加上「龍」,作為屈原的另一種生命
象徵:

> 耀目的灘邊,一隻虯龍
>
> 正痛苦地退化
>
> 虹抽走它五彩的紋鱗 （同上:113-114）

被流放的屈原彷如一隻痛苦退化的虯龍,他繽紛炫目的才情被政治現
實抽除、消磨殆盡。精確的意象語言代替了陳述語言,同時也添加了
一分「巫化」的空間感。〈離騷〉裡的楚文化空間不是靜止的固體,

它會隨著情節的變化而變化。當屈原萬念俱灰的時候，我們被告知：

> 什麼時候
>
> 神祇們和精靈們靜靜地撤走了呢？
>
> 什麼時候
>
> 雲不再低低地棲息
>
> 龍不再因翻身憩睡而發出輕微的聲響？　（同上：117）

是的，眾神撤退，雲霧散去，連龍都沒有了聲音。整個雲夢清澈如鏡，心也如鏡。羅智成當然沒有直接描寫屈原的投江動作，他用平穩的暗示性語言，讓悲劇以最理想的姿態結束：

> 我將在流動的河水上
>
> 鑲下我的話語　（同上：118）

〈離騷〉的先秦／楚文化空間，是所有相關題材的詩作中僅見的手筆，僅就這點創舉而言，已經突破了中文系與一般讀者的期待視野。它儼然是一個自給自足的文本空間。

其後，羅智成再也沒有大規模的先秦空間建設，當然我們仍舊可以在其系列創作《諸子篇》中找出一些「遺跡」，譬如〈墨翟〉一詩就沿襲了「貧瘠」的概念：

> 旱瓜田進入枯瘠的收穫
>
> 古中國的文明、禮樂
>
> 只疏星般點綴
>
> 新石器晚期的貧瘠。　（羅智成，1988：73）

枯瘠的生命力，零星點綴的禮樂[2]，這是周文明的乾涸期。其實，羅

---

[2] 乍看之下，這裡產生了一個矛盾。墨翟正是因為無法忍受當時社會上各種

智成對先秦空間的經營，到此已進入尾聲，《諸子篇》的焦點並不在此，而著重於哲學符號的轉換，以及人物性格的刻劃。從那首以明代時空爲主軸的超長敘事詩〈說書人柳敬亭〉（1986）以後，羅智成的敘事詩／長詩創作也休止了。

從上述的諸多例證，在羅智成重構先秦空間的動作裡，融入古文明的神祕感、現代人對古中原文化的沉迷。此外他也透過人物的歷史意義來錨定時空，讓筆下的先秦文化空間繫著某個固定的軸心在運動。如此多重視野的融合，營造出羅智成詩中獨有的氛圍。整個先秦空間的重構工程，其實是爲了讓歷史人物與事件，有一個完美的舞臺。換言之，它即是先秦圖象的基石與外部輪廓。

二、神入：歷史人物的心理揣摩

羅智成全面採用「神入」（empathy，或譯成「移情」）歷史人物心理的手法，來激活他們的生命。他首先面對的是歷來無數文學文本所累積起來的人物形象，以及讀者具有繼承性的期待視野，他都得一一顛覆或超越。但不同的敘述主體迫使他作出許多敘述語態上的調

繁文縟節，和娛樂飲食方面的鋪張與浪費，所以才提出「非禮」、「非樂」的主張；而詩裡所謂古中國的文明和禮樂只是「疏星點綴」，看似不合歷史實況，其實不然。這裡所指的「古中國的文明、禮樂」，是本質上的文化元素，它具有正面的社會功能和意義；可是在這個亂世，它們失效了，在笙樂中它是被忽略的宗旨，在縟節裡它流失了本意。禮樂固有的教化精神，只在管弦和觥籌間「疏星般點綴」。

整，並以強大的說服力修改了局部的角色個性，然後稱職地演出他所
扮演的人物。羅智成的「神入」動作確實發展出某些獨創性的寫作技
巧，以及開拓了敘事詩的種種可能。

在〈西狩獲麟（上卷）〉一詩中，羅智成選擇「他」來作麒麟的
指稱，這個角色同時交疊了「被追獵的瑞獸」、「纖弱的儲君」兩重指
涉。所以「他」是個多義性的對話者，在詩的末了與另一條敘述軸線
裡的「我」目光交會，進行一番短暫但意味深長的對話：

> 他的神思
>
> 在絕地裡，他的神思在遠處馳騁
>
> 「誕生我的，是我胸次裡
>
> 最大最蕪最遠的一片土壤
>
> 星夜林立
>
> 萬劫如窗
>
> 誕生我的，是極目不見的
>
> 我心頭的雪地。」　　（羅智成，1979：138-139）

在童話故事當中，擬人化是典型的寫作技巧，所有的角色都有自己的
個性和聲音。但在純文學作品中，被擬人的動植物和器皿通常只是一
種形象或者象徵，鮮少出現對白。在現代詩裡，大篇幅的對白運用更
是不常見，可這卻是羅智成最拿手的把戲。從的上述引文，我們彷彿
親耳聽到麒麟的心聲，描象且充滿詩質的獨白，把「他（麒麟）」進
一步「人化」（並非「擬」人化），提昇了意境，並拓寬了詮釋空間。
這是一次嘗試性的、輕度的神入，它即將在未來的詩篇裡壯觀的發展
開來。

徹底的神入，主要運用在〈問聃〉和〈離騷〉二詩。

　　孔子問禮於老子是中國哲學史上的偉大事件，也是巨大的謎團。這件事先後記載在由莊子後學所撰的《莊子·天運》，以及司馬遷的《史記·老子韓非列傳》。這兩篇似乎可以說是中文系讀者都會讀到的文章，它極可能是羅智成寫作動機的來源與根據。

　　〈天運〉篇的作者花了近千言來記述老子與孔子之間的答問，孔子每一問，老子必詳盡的回答一大段；司馬遷只用了一百多字來交代這件事，在會面過程中，老子說了一番訓言，孔子在事後對其弟子略述了他內心的感想。爲了跟〈問聃〉一詩作比較，我們個別摘錄兩三段原文。首先是孔子與老子見面的第一幕場景：

> 孔子行年五十有一而不聞道，乃南之沛見老聃。老聃曰：「子來乎？吾聞子，北方之賢者也，子亦得道乎？」孔子曰：「未得也。」（《莊子集釋》：516）

> 孔子適周，將問禮於老子。老子曰：「子所言者，其人與骨皆已朽矣，獨其言在耳……。（《史記會注考證》：854）

這兩則引文都有一個共同點，就是老子先發言，而且語句頗長。至於孔子對老子的印象，二書所述者，更是大同小異：

> 孔子曰：「吾乃今於是乎見龍！龍，合而成體，散而成章，乘雲氣而養乎陰陽。」（《莊子集釋》：525）

> 孔子謂弟子曰：「鳥吾知其能飛，魚吾知其能游，……至於龍吾不能知，其乘風雲而上天。吾今見老子，其猶龍邪。」（《史記會注考證》：854）

老子的大道是難以捉摸的，像雲氣之聚散，其中又有陰陽變化的理則。見老子猶見龍，是孔子將內心感受形象化之後的結論。在〈天運〉篇當中，老孔二子經過冗長的答問之後，孔子終於悟道（道家的大

道），於是作者用這麼一句話來結尾：

老子曰：「可。丘得之矣！」（《莊子集釋》：534）

中文系讀者的期待視野必然奠定於此，羅智成該如何裁剪與擴充這個偉大的謎團？他如何利用／藉助他本身及中文系讀者之間的視界融合（horizontverschmelzung）？又如何處理高度哲學性的訊息，以免此詩陷入無法閱讀的艱澀局面？

結果他用一段頗具神祕感，而且很能夠讓讀者再三回味的對白來開場：

「來，」他說：「……仔細看我……」

「仔細地……」他緩緩移動。

落葉飛向星空，菌類競相萌芽

「你看見什麼？」

「智慧。」

「智慧？」他楞了一下：「我不是指這個……

──還有什麼？」

「死亡。」　（羅智成，1982：80）

這段虛中帶實的對白，必須在我們閱畢全詩之後，才能回過頭來掌握對話者的身分及其心靈狀態。它的意圖在於營造玄祕的哲學氣氛，歷史的本事在很玄的對白結束後才開始。

如本文第一節當中所引述分析的，羅智成花了極大的篇幅來重構先秦空間，此詩第一章【沙】和第二章【洛陽】著重描述孔子的車隊一步步逼近洛陽，他們經過沙質的、貧瘠的、禮崩樂壞的先秦時空。第三章【子曰】則是孔子強烈的憂患意識受到情境的衝擊，有感而發的感歎：

　　走過這腐朽的柱廊

　　他人苦心與愚昧的震撼

　　都使我的靈魂悽悽搖晃。　　（同上：87）

羅智成在這個階段使用兩個稱謂——「我們」和「我」，這是一個可以因應情境的需要而換轉的思考視角，「我們」包含了同行的弟子和讀者，「我」則是孔子本身。羅智成將自己神入到孔子的角色裡去，按照《論語》裡的孔子形象，置身處地的去揣摩孔子可能的心理與言行，再以自己的語言出之。高度自白性的語言，消除了讀者與敘述者之間的距離，我們彷彿貼近孔子「悽悽搖晃」的靈魂，緊跟著頻繁出現的主詞（我）意識，去抨擊、去解釋這個亂世。對於「入太廟，每事問」的孔子，羅智成替這個人物形象拋出許許多多的疑慮：

　　當長久以來我們所憑藉的

　　拘謹，感性的封邑（啊飢饉的封邑）傾搖

　　我們要不要，再逗留一會？再低思一會？

　　還是扶老攜幼驟然投向新識的不關心的真理？

　　我要問問他

　　在好惡與事物的變遷中有沒有顛仆不移的雲朵？

　　我要問問他

　　出喪的時辰遇見日蝕怎麼辦

　　這些我要問問他　　（同上：91-92）

越來越快的思維活動，而且相當機智與靈活的疑問，似乎超出我們刻板印象中的孔子。當我們隨著急促的敘述節奏（接二連三的「我要問

問他」)拋出問題之際,潛意識裡也拋掉了羅智成的揣摩／神入成分。
虛實混淆不清,甚至重疊爲一。於是我們不自覺地相信——自己讀到
一顆偉大的心靈。等我們冷靜下來再沉思、再閱讀,對於羅智成幾可
亂真的「神入」技巧,不禁感到無比的欽佩。所幸這分欽佩不會僅止
於此,我們讀到第四章【龍】的時候,就完全被驚人的想像攝住了,
儘管我們已讀過典籍裡的比喻。

　　孔子進入曠室內,半晌之後才發現了座落在灰色長夜裡的笑容,
這笑容有待客的勤懇,可以又感同無人在旁,接著描寫老子的眼神:

　　眸光內斂而結實

　　像包不住廣大的風景而緊繃

　　又像只為看一粒砂子而從容

　　又像龍蟄睡泥沼

　　滿是對人世的熟悉與慵懶　　（同上：93）

眼神裡充滿難以言說的矛盾,這些矛盾隨即被意象化成風景、砂子和
龍,於是先秦人物的特質與先秦空間的特質在此緊密契合。羅智成將
〈天運〉和〈老子韓非列傳〉裡的喻象系統擴大十倍,降低哲學性的
訓詁比例,然後重新以更玄妙、更精簡的對話來呈現這次思想的交
流。所以我們彷彿讀到一條龍的隱約形象:

　　他不時隱遁於背景中

　　無從捉摸

　　突然瘦癟的身軀移動

　　漲大了許多

　　整條蟠曲的靈魂終於舒展開來

　　麟光閃閃

沿樑柱而上。　　（同上：93-94）

儼然是一個老者在魔法中幻化成蒼龍的過程，從容不迫的動感，由黯
而炫、由隱而顯、由弱而強的蛻變。在《老子》第二十一章中有云：
「道之爲物，惟恍惟惚。惚兮恍兮，其中有象；恍兮惚兮，其中有物」
（陳鼓應註，1991：104），這種似有若無，不可指喻的不確定性，即
是羅智成加諸於老子形象上的書寫原則。於是二人的對話便出現如此
的場面：

我說：

「一切原本井井有條。」

他說：

「不可能的。」

他低低地說

像睡著了

像簫的六孔

輕輕發聲

聲聲具體，成為陶醉的螢火蟲

「不可能的……」　　（羅智成，1982：95-96）

不但老子的精神和軀體被「龍化」或虛無化，連他「輕輕發聲／聲聲
具體」的話語，也一併「成爲陶醉的螢火蟲」縈繞於斗室之中。羅智
成的語言具有一種催眠的成分，或者說是一種令人著迷的魅力，像簫
的六孔，即使輕輕發聲也能把老子的神情寫得如此傳神。

老子與孔子，一虛一實，分別代表兩個龐大的哲學體系；一答一
問，正是兩種迥然不同的思維方式的對抗。羅智成處理這一幕的手法
令人大開眼界：

我汗涔涔問

「關於那些法則、典範……」

「沒有世界比現在的世界更真實……」

「但我珍藏的藍圖……」

「沒有世界比你的努力更真實……」

「我知道了！」

「我知道。」

「我愛它……」

「我知道。」

「所以計較……」

「我知道。」

「所以不滿──我依賴它……」

「我知道。」

　　這時滿屋的螢火蟲快速飛舞　（同上：100）

我們聽到孔子內心的憂患與執著，聽到他對傳統禮法的信任，對世界的熱愛；然而倒映在這雙焦慮的瞳彩之上，卻是另一種彷彿洞悉一切，彷彿掌握了大道與真理的超然智慧。「我知道」──是的，他（老子）知道一切，卻不像典籍裡那般滔滔長篇。在刪節號後面，孔子的話也不必詳述，因為我們都知道了。我們潛意識裡啟動了腦海中的知識，啟動了我們原有的儒道哲學視野；《論語》和《道德經》中的字字句句，被這極度精簡的答問牽引出來，作了主動的詮釋與補充。

　　羅智成大膽運用了國畫中留白的技巧，將龐大的哲學訊息置於留白處，惚兮恍兮，其中有象，其中有物。而中文系讀者的哲學知識，早被預設在閱讀過程中。至於一般讀者，在羅智成超凡的語言表現之

下，同樣的可以感受到虛實互動的詩學美感。尤其全詩終結之處（只有廖廖幾行的第五章【古代】），更是餘韻繞樑：

晨曦還沒照到最高的枝頭

「不要急！」

像一個緊緊靠在身邊的人，他說：

「中國的古代才開始……」　（同上：102）

是的，別急！整個中國哲學與問題的對峙才剛開始，這只是西元前五百年的東周，孕育著無限可能的先秦。〈問聃〉一詩，羅智成重構了一個粗糙且貧瘠的生活圖景，進而烘托出兩位聖哲的心靈和智慧的光輝，二者契合為一，就完成了一個以中原為中心的先秦圖象。

接下來，我們轉焦到以楚文化為中心的〈離騷〉。羅智成作了許多大膽的假設，以及深度的神入。必須強調的是：羅智成同時運用「我」和「你」來執行他的神入。需要傾訴心聲時，則以「我」發聲；必須拉開距離進行評議或抨擊之際，就將屈原放到「你」的位置。如此可以保有敘述上的彈性，且視野更為寬廣和多變。跟其他詩人所寫的角度最大的不同點，是羅智成「引進」楚懷王作為本詩的第二主角，且把敘述的焦點擺在屈原與懷王之間的情誼，這是一個很大的突破：

彷彿要延續前世的默契

帶你到雲霧盤據的穀倉裡

訴說他六歲時的單戀四十歲的激情

先王嚴厲的管教，以及

不切實際的領土野心　（羅智成，1982：111）

這些敘述都超乎我們的閱讀印象之外──後來將屈原流放的懷王，竟

然向他偷偷訴說六歲時的單戀和四十歲的激情,在二人獨處的穀倉裡
——羅智成企圖用這樣細膩的刻劃來說服我們。然而君臣之間畢竟沒
有永恆的情誼,一旦反目,就變成一雙冷酷絕情的眼:

> 但是他斷然忘記一切
>
> 像落地的玉珮斷然缺角
>
> 我辛苦種的九畹蘭花
>
> 全遭蹂躪——
>
> ………………
>
> 最後,我們見面
>
> 他指南方
>
> 眼裡沒有一絲遲疑一絲眷顧一絲牽掛。 　（同上：111-112）

懷王指著南方,十分堅決十分冷漠十分絕情地指著他將流放的南方,
往昔情誼像美好的玉珮斷裂,苦苦經營的政治理想被蹂躪如蘭花。羅
智成營構得十分淒美的南方,那是屈原投江的宿命之處。他的內心失
血不止,固有的情誼與夢想一併破滅。我們很清楚地聽到他痛泣的心
聲:

> 虧這令人疾道的昏昧
>
> 這令人錐心的冷酷
>
> 他真像極了王
>
> ………………
>
> 但是
>
> 我們曾是知交,真的
>
> 曾經非常非常要好…… 　（同上：112-113）

即使我們不刻意去回憶、去歸納所讀過的無數昏君,「他真像極了王」

卻無比傳神的總結了文本內外的昏君形象，一切盡在不言中。尤其「真的／曾經非常非常要好」一句，極爲生動的說明了昏君的無情。

這就是屈原，這就是羅智成神入的心靈世界。

強大的創意推演出動人的情操與情節，大大豐富了我們原有的屈原印象。如果我們將楚文化空間和屈原的熾烈情操結合在一起，即可看出羅智成苦苦融鑄而成的，以南方爲中心的先秦圖象——濃厚的巫術色澤、淒美的朦朧，且包藏了灼烈的情感。儘管羅智成準確地抓住了「楚」的原味，細膩地神入了屈原的心思，但我們不能稱之爲現代版的《楚辭》，因爲驅動全詩的是羅智成本身的靈視和魔性語言；即使沒有讀過《楚辭》，也能在腦海中完整地組構出，這個自給自足的楚文化空間。當它面對中文系讀者的時候，同樣能夠讓他們體悟到一種非常貼近屈原的情感結構，以及原典意象的多元轉化過程。

跟先秦空間的重構工程一樣，到了一九八三年及以後的詩篇，再也看不到大規模的神入創作。我們在〈荀子〉一詩中，讀到《荀子·天論》篇那套——「天行有常，不爲堯存，不爲桀亡；應之以治則吉，應之以亂則凶」（《荀子集解》：205）的天道自然觀，當天空出現令人惶恐的天文異狀（「星隊〔墜〕木鳴，國人皆恐」）：

> 荀子說
>
> 不要怕
>
> 這是罕有的夜
>
> 美麗騷動我們生疏的靈魂
>
> 不要怕，握緊知識
>
> 睜大眼睛
>
> 胸懷天明。　（羅智成，1988：69-70）

羅智成當然有能力把握住荀子天道觀的特質。荀子企圖切斷自然的天和人類之間的臍帶，切斷周人對天神的信仰和恐懼，用科學的心態與知識來把握萬物的變化，了解大自然災異的實況。所以荀子在天文異象「騷動我們生疏的靈魂」之際，緊握我們的手，說：「不要怕。」用我們的知識去理解它。

　　羅智成在這首詩裡的神入程度不深，他讓荀子站在讀者的身邊，緊握著對方的手，用安撫性的話語來傳遞他的天道觀；他並沒有擴大〈荀子〉的格局，荀子在中文系的哲學印象裡，重演著我們熟悉的事物。〈墨翟〉也一樣：

　　　　但誰能責怪他的離席呢？

　　　　當兩噸半的青銅與才藝

　　　　為封建主的晚膳，繁瑣地發動

　　　　………………

　　　　這樣的繁節，墨子說，

　　　　任一急切的理想主義者

　　　　都坐不住的。　（同上：72）

「坐不住」一句，無比精準地描述了墨子的人物形象。對於亂世的整治，他總是那麼的急切；對於耗費民財的繁文縟節，他不顧一切地去非禮非樂，強調節葬節用等節源的民俗／經濟理念。面對「兩噸半的青銅與才藝」，像墨翟這麼一位理想主義者，又豈能坐得住？短短三十七行，充分表現了墨子的個性和脾氣，還有非樂與節用的精神。儘管羅智成潛入墨翟的人格當中，替他演出了最合理的鉅子行徑，但也僅止於此，沒有更立體、更開闊的想像。

　　〈莊子〉一詩，亦如我們所料的，出現與原典《莊子‧逍遙遊》

近似的，諸如「大鵬過境／大塊噫氣／所有的心思被連根拔起／所有空虛的事物被吹出聲響」（同上：76）的詩句。這裡活動的是羅智成所模擬的莊子思維，他詮釋了莊子對大道運行的一些看法，但莊子這個人物卻如「斷線的風箏迅速隱入天際」（同上：77），我們但聞其言而不見其行。

這三首《諸子》的存在，並不能擴充在一九八二年及之前所完成的先秦圖象，但它們的存在，確實為原有的版圖添加了些許的內容與分量。

小　結

羅智成憑他足以傲視詩壇的語言魅力和創造力，建構出一個龐大且精彩絕倫的，台灣現代詩史上獨一無二的先秦圖象。我們在圖象裡讀到兩軸交錯的獲麟行動，讀到砂質的貧瘠的鎬京和洛陽，以及孔子問禮於老子的偉大事跡，加上荀子、墨子和莊子的思想特質，羅智成筆下以中原文化為中心的先秦圖象躍然紙上。至於由屈原灼熱情操所構成的楚文化圖景，則有著巫術之美、雲夢之淒迷、以及令人動容的靈魂。

這麼一個相當完整的時空的建構，在〈問聃〉和〈離騷〉二詩裡圓滿完成後，羅智成再也沒有為其他的朝代，進行如此宏偉的書寫工程，即使羅智成筆下篇幅最長的〈說書人柳敬亭〉，也讀不出完整的晚明圖象。

這個先秦圖象不但能驅動中文系讀者的文化想像，也經得起嚴謹

的學術分析，更能在一般閱讀行爲當中，深深地吸引著讀者，沉醉在砂質的洛陽和巫質的雲夢當中。

　　這就是羅智成的先秦圖象。

參引書／篇目：

司馬遷（西漢）：〈老子韓非列傳〉，見瀧川龍太郎著《史記會注考證》，台北：洪氏出版社，1986，頁 853-860

荀　子（東周）：〈天論〉，見王先謙集解《荀子集解》，台北：華正書局，1988，頁 204-213

莊　子（東周）：〈天運〉，見郭慶藩編，王孝魚整理《莊子集釋》，台北：木鐸出版社，1988（再版），頁 493-534

陳鼓應註（1991）：《老子今註今譯》，台北：臺灣商務印書館

羅智成（1979）：《光之書》，台北：龍田出版社

———（1982）：《傾斜之書》，台北：時報出版社

———（1988）：《擲地無聲書》，台北：少數出版社

盧建榮（1996）：〈後現代歷史指南〉，收入於凱斯‧詹京斯著，賈士蘅譯《歷史的再思考》，台北：麥田出版社，頁 7-36

在語字中安排宇宙

——讀洛夫的《魔歌》

小序、如果此處降雪

如果你由《靈河》（1957）開始接觸洛夫，那種稍嫌生澀的抒情方式，以及必須大加修繕的語言，實在無法讓你想像此乃大師之雛型。要是你繼續展讀《石室之死亡》（1965），撲面而來的是死亡之魅影，每一聲鬼號與神泣皆發自詩人被傷害的內部，悽厲而昂揚；讀來讀去都是沉甸甸的意象法碼，這種詩筆簡直是對殘酷命運的一種報復，既灼熱又森冷，讓你不及思索便遍體鱗傷。當你發現竟然有二十餘萬字的評論廝殺在石室之中，呼吸就更加沉重。唯一想做的是：掩卷，然後逃走。

接著你讀到《外外集》（1967），讀到《無岸之河》（1970），登時覺得那支重金屬的樂隊總算累垮了自己，詩人不再殺氣騰騰地呼天喚地，不再撕裂自己然後掏出一顆又一顆晦澀難懂的心臟；總算有一些靈巧的意象輕輕翻身，在煙之外，在泡沫和灰燼之外。於是你愉快地在筆記本裡記下：「還能抓住什麼呢？／你那曾被稱為雪的眸子／現

在有人叫做／煙」。

　　等你從圖書館的架上抽出洛夫的第五本詩集，觸及《魔歌》這個很嚇人的書名，會不會皺起眉頭放回去？「魔歌」是不是在暗示一種走火入魔的詩境？

　　一九七四年十一月出版的《魔歌》，收錄了洛夫發表於一九六六年至一九七四年間的五十八首長短詩作。洛夫在〈自序〉中聲稱：這本詩集不但呈現了他調整語言，改變風格的成果，還記錄了整個詩觀的蛻變（p.01）[1]。所以，不妨鬆懈你的閱讀神經，用心聽一闋蛻變後的魔歌，看他如何把意象安排得「疏落有緻，濃淡得宜」（p.07）。

　　作爲轉型期的一本詩集，《魔歌》裡的詩作可謂風貌繁雜，我們暫且把集子裡的詩粗分成兩大類別：「魔」與「歌」。前者指的是洛夫在詩中不經意流露的主體意識，或刻意傳遞的創作理念，主要包括：〈巨石之變〉、〈詩人的墓誌銘〉、〈裸奔〉、〈死亡的修辭學〉、〈不被承認的秩序〉；後者則是理念的實踐，也就是所謂「疏落有緻，濃淡得宜」的詩作，其中包括〈金龍禪寺〉、〈有鳥飛過〉、〈獨飲十五行〉、〈隨雨聲入山而不見雨〉、〈子夜讀信〉等膾炙人口的名篇。

　　也許這集詩作的閱讀感乍輕乍重乍緊乍鬆，但洛夫骨子裡始終維持著一貫的執拗：寫詩是對人類靈魂與命運的一種探討與詮釋，而詩的創造過程就是生命由內向外的爆裂。就因爲肩負著這個嚴肅的使命感，使洛夫一直處於劍拔弩張，形同鬥雞的緊張狀態（pp.01-02）。以本集爲例，其中幾首言志大作可能是太緊張或企圖心太大的原故，反而因理害文；倒是那幾首頗具禪境的短詩，雖然只是他任意揮洒的無

---

[1] 蓬萊版《魔歌》的〈自序〉頁碼跟內頁重疊，爲了辨別上的需要，所有〈自序〉的頁碼皆附加一個「0」。

心之作，卻插柳成蔭，出乎意料的比前者更受好評（p.08）。

讀《魔歌》，儘管可以上承「石室之死」，下啓「時間之傷」；但也容許我們將之安置在孤峰之上，就魔論魔，就歌言歌。是的，「如果此處降雪」，隱去其他相關或不相關的風景，更能突顯《魔歌》的獨立價值。其次，詩集的自序是一個極重要的解讀途徑，它是詩集的「嘴」。所有隱匿詩中的訊息，必然透過這張忍不住的發聲的嘴，一一外洩。或者只有那麼一言半語，但全都是珍貴的聲音。這篇自序將成爲本文詮釋觀點的主要辯證對象，從中尋求印證與反證。

本文擬分兩節，就其創作理念及實踐的成果，進行一次簡單扼要的導讀。

一、在我金屬的體内

翻開《魔歌》的第一首詩〈裸奔〉，你會遇到這麼一位男子：

他就是這男子

胸中藏著一隻蛹的男子

他把手指伸進喉嚨裡去掏

多麼希望有一隻彩蝶

從嘔吐中

撲翅而出　　（p.2）

洛夫就是這男子。尚未孵化的蛹，即是詩人埋藏在胸臆中，尚不爲人知的嶄新詩觀、對生命和宇宙事物的洞悉，以及龐沛的創造力。它甚至可以被視爲一顆詩的種子，萌生自詩人靈魂的深處。但它深藏在詩

人胸中，無法直接幻化成語言從喉嚨發聲，必須把手指伸進去掏，透過「嘔吐[2]」的動作——透過詩人對存在的煩惱、痛苦、茫然、荒謬等感受的浸泡——才能逐漸蛻變成蝶，才能昇華成詩。這種蛻變的過程，在在暴露了洛夫的詩觀：詩是一種穿越生命本質與經驗的東西，經過與錘鍊與昇華，不是信手寫下的單純字句。

　　離開嘔吐物，你陸續讀到的〈壺之歌〉、〈西貢夜市〉、〈月問〉等五十六首詩，有的思路清晰可辨，有的卻難以捉摸。直到第五十八首壓卷之作〈巨石之變〉，你才清楚聽到洛夫蜷伏的靈體在嘹亮地伸展：

　　　灼熱

　　　鐵器捶擊而生警句

　　　在我金屬的體內

　　　鏘然而鳴，無人辨識的高音　　（p.189）

所謂「巨石之變」其實就是洛夫詩觀之變。這顆「巨石」感應到外界事物的撞擊，引發內在思維與情感的共振，一些令人動容的警句隨那激盪萌生。不過這些鏘然而鳴，千錘百鍊的意象並不是那麼淺顯易懂，總是淪為無人能辨識的高音。雖然曲高和寡，洛夫仍然很自負地向你訴說內心的苦悶：

　　　我之外

　　　無人能促成水與火的婚媾

　　　如此猶疑

　　　當焦渴如一條草蛇從腳底下竄起

---

[2] 洛夫在本集詩作當中，先後用了五次「嘔吐」（p.2、50、58、91、115.），其中一次專指沙特的《嘔吐》，其餘四次都可以安置在存在主義裡，作不同程度的詮釋。

你是否聽到

我掌中沸騰的水聲　（pp.190-191）

你豈能繼續靜坐如松，面對如此一位捨我其誰的漢子，除他之外就無人變得出這般驚奇的文字魔術！他能把矛盾和衝突的符號並置成句，能促成水與火的婚姻。他掌中沸騰的，豈止水聲？不妨再聽聽他對詩那股彷彿入魔的沉迷：

我是火成岩

我焚自己取樂　（p.192）

惟有嗜詩如魔者方能自焚取樂，自焚是火成岩的構成因素；讓詩逼近生命的痛，再由痛來成就詩篇，成就一塊驚心動魄、堅硬無比的火成岩。一般讀者視爲畏途的冷峻詩境——好比《石室之死亡》，簡直是讀者死亡之石室，卻是洛夫焠煉語言的丹房，只有他自己懂得享受這種自焚之樂，入魔之癮。於是在丹房的外圍，好些你早先讀過的剿魔之詩評，紛紛衛道而起：

你們爭相批駁我

以一柄顫悸的鑿子

這不就結了

你們有千種專橫我有千種冷

果子會不會死於它的甘美？

花瓣兀自舒放，且作多種曖昧的微笑　（pp.193-194）

在洛夫看來，剿魔的鑿子之所以顫悸，乃因爲他們自知所據之論斷站不足腳；任憑他們再怎麼專橫，洛夫依舊橫眉冷對，他堅信果子絕對不會死於它的甘美，堅信自己在詩歌語言上的實驗，能在詩史的洪流中屹立不搖。爲了不浪費時間去做一些無謂的辯解，洛夫乾脆「於時

間的喧囂中沉默如一握緊的拳頭」（p.118），讓真理在不辯中自明。

　　不過你還是在另一首〈詩人的墓誌銘〉裡，瞥見詩人如何用曖昧的微笑，回應了鑿子的顛悖：

> 縱然，在鑿子與大理石的激辯中
> 你的名字
> 一個
> 一個的
> 粗大起來　　（p.174）

正如詩人所料，經過「剿魔的詩評」和「詩魔的魔歌」二者的多年激辯，到頭來卻成就了「洛夫」的赫赫詩名。所有攻擊過他的、拙劣的詩評文字（鑿子），反而襯托出洛夫詩作的價值。這個成就不僅僅是自信與毅力使然，而是詩人走出石室之後的成功轉變，反過來支持當初種種實驗之必要。

　　經過上述許多訊息的摘錄與判讀，你理應領教了一位詩人擇善固執的個性，以及他面對紛紜的批評時，那高度自信的眼神。讀其詩如見其人。接著你在這座「墓誌銘」上面，讀到一些更深入的訊息：

> 在一堆零碎的語字中
> 安排宇宙
> ....
> 你把歌唱
> 視為大地的詮釋
> 石頭因而赫然發聲
> 河川
> 沿著你的脈管暢行　　（pp.171-172）

洛夫在《魔歌‧自序》裡曾說過：「詩人最大的企圖是要將語言降服，而使其化為一切事物和人類經驗的本身」（p.04）。文學是一個由零碎文字構成的世界，文人用他的意念來構築心中的圖景；而詩，則是最刁難的語言組合，以惟有降服了語言，始能創造出一個由語字組合而成的小宇宙。「安排宇宙」，指的不僅僅是意象叢的安排，而是編排每一個符號在書寫中的輕重及啓承位置。敘述主體對語言／事物的強烈主導意識在此表露無遺。可是後續五行卻流露出相反意圖──「與物同一」（p.06）。

　　洛夫在序中再三強調把主體意識契入客體事物中的重要性，當他想寫一首關於河的詩，在意念上必須使自己變成一條河，整個心身隨之洶湧或靜流（p.06）。河川在脈管中暢行，固然在暗示主客體的相融為一；但「詮釋」是有對象的解讀，假設洛夫的詩是對大地的詮釋，那兩者之間就存在著距離。再讀下去，你又發現洛夫強烈的主體意識在在操控著萬物在書寫中的位置：

真實的事物在形式中隱伏

你用雕刀

說出

萬物的位置　　（p.172）

「雕刀」讓主體多了一分匠氣，跟「說出萬物（隱伏）的位置」那種自然彰顯的感覺無法契合。他在〈裸奔〉一詩中，由外而內不斷卸去任何形式的包袱，他把「帽子留給父親」，「信件留給爐火」，「骨骼還給泥土」（pp.3-4）；之後「他開始溶入街衢／他開始混入灰塵」，「遂提升為／可長可短可剛可柔／或雲或霧亦隱亦顯／似有似無抑虛抑實／之／赤裸」（pp.5-6）。這種赤裸像是「損之又損，以至於無為」

的自然之道，可洛夫這雙手始終無法「無為而無不為」，在潛意識裡它依舊緊推雕刀，在說明萬物。

在〈不被承認的秩序〉，你再度讀到洛夫潛意識裡的矛盾：

> 山鳥通過一幅畫而溶入自然的本身。我來了，說煙，鳥就有了
> 　第三隻翅膀
> 這是宇宙的手，統治天空的手
> 你站在一塊巨石上把頭髮借給風
> 雙目借給地平線　　（p.114）

他已經說得很明白——「這是宇宙的手，統治天空的手」！鳥因為他的一念／一筆，而有了第三隻翅膀，他對文本中的宇宙／自然，有絕對的創造權（和統治權），所以你（所有的讀者）只要很被動地站在巨石上，把雙目借給地平線，看看詩魔如何雕刻自然，安排宇宙。

當你把視線鎖定遠方的〈清苦十三峰〉，必能看到詩人屹立在【第一峰】，向大地宣示他的力量：「我的雙掌張開便隱聞雷聲／所有的河流／都發源自我莽莽的額角」（p.96）。你當然熟悉詩人掌裡的雷聲，那是創造力忍不住爆發的源頭，所有的客體景觀都是被創造的符號。

最後，洛夫把他的〈掌〉向你伸來：「你猜／我掌中會生長些什麼／百合，金雀花，黑色的迷迭香／或一隻吃自己長大的蛺蝶」（p.125）？怔怔看著這雙安排宇宙的掌，你說任何事物都是一種可能。「你再猜／我掌中隱藏些什麼／無日月星辰／無今天明天」（p.126）；即然任何事物都不可能，你便選擇沉默，讓洛夫自己把答案道出：

> 只有血
> 要求釋放　　（p.126）

你彷彿嗅到《石室之死亡》時期殘留的血腥。原來在洛夫一心邁向「與物同一」的渾然境界之際，內心卻對「現代人的殘酷命運」還是耿耿於懷，在他暢談「贊天地之化育，與天地參」（p.03）和「真我」（p.04）的同時，你輕易的從字裡行間剔出「跟語言的搏鬥」、「將語言降服」、「把自身割成碎片」等暴戾的字眼；你屈指一算，在五十八首詩裡居然讀到十餘次「抓住」和「舉起」，不同程度的主宰性／主導性動作。這是「創作理念」跟「潛意識」之間隱伏的矛盾；也是自然無為的「樹」跟無所為的「手」之間，有形的衝突。

　　或許洛夫也察覺到這一點，所以他在〈掌〉的結尾處：

　　　我猶豫一下

　　　我狠狠把雙手插入樹中（p.126）

二、讀你額上動人的鱗片

　　洛夫在《魔歌・自序》裡說明了這本詩集最大的轉變：「詩人不但要走向內心，探入生命的底層，同時也須敞開心窗，使觸角探向外界的現實，而求得主體與客體的融合[3]」（p.02）。關懷現實或書寫現實本來就是一件理所當然的事，但主客體的融合是極高的境界，不是

---

[3] 洛夫在其詩選《雪崩・自序》裡，如此評價《魔歌》時期的詩作：「在這轉型期間的實際作品，似乎並不都能與新的觀念配合，而且隨實驗性以俱來的缺失，如語言的生澀與雕飾等，也在所難免，因此這些詩的成熟度顯然不如《因為風的緣故》中的作品，但其原創性則有過之而無不及。」（洛夫，1994：4）

一蹴而就的。這個轉變在詩集中，你可以找到三種不同面貌的成品：
純粹的現實書寫、主體意識凌駕在客體之上，以及主體契入客體之中
的家居田園之作。

洛夫曾在一九六五年十一月到一九六七年十一月間，被派到西貢
去擔任軍事援越顧問團的英文祕書，返台後陸續發表以戰爭爲主題的
《西貢詩抄》系列詩作；〈西貢夜市〉、〈自焚〉、〈越南來信〉、和〈高
空的雁行〉都是其中的精選之作。

洛夫寫西貢某高僧的自焚，所用的筆調彷彿在旁觀某高僧的生活
坐息，客觀且冷靜。他以非常乾淨俐落的語言，記述了這位高僧在自
焚前的舉止：

> 早課方畢
>
> 便獨自躲在雲房裡
>
> 數自己的舍利子
>
> 然後騎摩托車上街
>
> 在一座座長湖青苔的臉上
>
> 貼標語　　（pp.32-33）

就像是一則短短的記錄片，沒有旁白或註釋，你必須自己去想像去感
受——高僧如何在心中估量自己的舍利子（反省一生的修持與參悟，
同時思索自焚行爲的警世意義），以及那毫不猶豫的後續動作。這已
不是南傳小乘佛法的表現，而是大乘佛法在亂世中的作爲。詩人靜靜
地替這熊熊焚燒的事件收尾，不作任何正面的評價，把「他頭頂爆出
（的）一朵晚香玉」和「諸佛（的）粲然」（p.33）留給圍觀的你去
冥想。

另一首〈高空的雁行〉就寫得有點失控。詩人企圖以孩子的口吻

來陳述一場轟炸：

　　一二三四五

　　我們在練大字

　　六七八九十

　　我們在演算術

　　一架噴射機把天空吐得那麼髒

　　弟弟抓起一把雲來擦

　　　　（高射砲彈開黑花

　　　　孩子們快回家）　　（p.40）

一到五，六到十的數字，象徵一種在戰火中自我調適的生活秩序；當噴射機飛過天空的時候，越南的孩子們照舊在「練大字」、「演算術」、「排著隊」、「報著數」（p.40）。洛夫為了刻劃他們早已習慣戰爭的心理，揉合了「麻木」與「童真」來下筆，所以在他們眼中噴射機帶來的不是死亡與恐懼，而是「把天空吐得那麼髒」，於是「弟弟抓起一把雲來擦」，不准敵人將他們的天空弄髒。不過，「髒」、「擦」、「花」、「家」一連四句都押韻的結果，營造出來的不是童趣，而是近似打油詩的油膩口感。全詩四段的形式相當一致，顯得有點僵化；其他三段的控訴焦點也失之模糊。雖然你不會喜歡這首詩，但它畢竟是洛夫將「觸角探向外界的現實」的努力成果之一。

　　洛夫亦曾表示：「作為一個詩人，我必須意識到：太陽的溫熱也就是我血液的溫熱，……我隨雲絮遨遊八方，海洋因我的激動而咆哮，我一揮手，群山奔走，我一歌唱，一株果樹在風中受孕」（p.04）。這番宣言本是作為「與物同一」之用，不過只要再細讀兩遍，便能感

覺到強勢的主體意識，在在駕馭著客體的存在價值與角色扮演。〈清苦十三峰〉是最明顯的例子，詩人「企圖以十三種風格來寫十三種關於山的貌與神」（p.111），所以全詩充斥著「山、風、水、石、谷、鳥、樹、蟲」等大自然意象，可你讀到的大多是詩人的思維活動，自然事物皆依附在他的思維軌道上運行。

譬如【第一峰】，十八行當中出現了十五個「我」，高度思想性的意象叢，加上宛如洛夫現身說法的山峰自述，讓你見山不是山，而是詩人，是那喜歡高談闊論的敘述主體。又譬如【第六峰】，提出一連串的詰問：

為何山不是山，水不是水

為何風沒有骨骼

為何樹的年輪

不反過來旋轉　　（p.102）

這理應是第六峰的「自問」，可是縱觀全詩，簡直就是詩人把山峰端在（安排宇宙的）手裡，耍弄著「見山不是山」的老把戲。結果你再次見山不是山，只見詩人嬉笑地掬起一把問號。【第十一峰】更嚴重，「空，空，空」，全是對超現實主義的嘲諷。備受好評的【第十二峰】呢？

兩山之間

一條瀑布在滔滔地演講自殺的意義

千丈深潭

報以

轟然的掌聲

> 至於泡沫
> 大多是一些沉默的懷疑論者　（pp.108-109）

演講的瀑布、鼓掌的潭、沉寂的泡沫——詩人的巧思妙喻成功契入山水之中,不是賦予,而是「誘發」了三個客體本身孕含的角色與個性,三者彼此間又能構成某種互動關係。在這裡,你體悟到的理趣都渾然天成,主體的思維運作讓你渾然不覺。這是〈清苦十三峰〉當中,僅有的奇峰。

行筆至此,你勢必體認到:每當洛夫企圖遵循主客體合一的理念,刻意為之,那些大自然的客體事物,反而淪為意義鏈當中的一個符號。當詩人的「雕刀」退居幕後,萬物方能找到自己的位置,兀自發聲。

其實主客體成功融合的例子有好幾首,其中〈金龍禪寺〉曾經多次被國內外的詩評家撰文評介。在寫這首詩的時候,洛夫收起了主詞,同時淡出了主體意識。你再也不必聽到詩人那滔滔不絕的牢騷、理念與宣言。這裡很寧靜,你的心神隨著晚鐘進入禪意充盈的閱讀位置,感受迷人的向晚氣圍:

> 晚鐘
> 是遊客下山的小路
> 羊齒植物
> 沿著白色的石階
> 一路嚼了下去　（p.46）

聽覺轉換成視覺,石階因為有了羊齒的咀嚼,得以在你的想像空間裡永續延伸。詩的後半段,那隻「驚起的灰蟬」(p.47),誘導了好些詩

評家將整首詩詮釋爲「禪悟」的過程。你比較關心的是獨立在前後兩段之間的那句:「如果此處降雪」(p.46),這是敘述主體唯一忍不住發聲之處,但洛夫的渴望很自然的轉變成你的渴望,替這個畫面覆上一層幻覺之雪。你不得不同意,那座始終沒有出現過的「金龍禪寺」,即是此詩全部感覺(禪意)的形上總和。在此,你所看到及感受到一切都源自洛夫,可你不會覺得是詩人在文本背後指使羊齒去咀嚼,指使灰蟬去點燈。主體的禪悟和客體的動靜相融爲一,供你回味再三的是那「可解」,但「不必解」的意境。

值得你回味的,主客相融的短詩當然包括〈隨雨聲入山而不見雨〉和〈子夜讀信〉等數首。尤其後者,更是令你難忘。是「你的信像一尾魚游來」這句詩把你深深吸引,遂想起〈飲馬長城窟行〉這首漢樂府——「青青河畔草,綿綿思遠道;遠道不可思,宿昔夢見之。……客從遠方來,遺我雙鯉魚;呼兒烹鯉魚,中有尺素書……」。洛夫消化了你腦海中的古詩情境,以現代的場景出之:

> 子夜的燈
> 是一條未穿衣裳的
> 小河
>
> 你的信像一尾魚游來
> 讀水的溫暖
> 讀你額上動人的鱗片
> 讀江河如讀一面鏡
> 讀鏡中你的笑
> 如讀泡沫　(pp.162-163)

在〈飲〉詩中敘述者的思念，是沿著河水逆流到遠方；在〈子〉詩裡，洛夫把子夜的燈譬喻成河，「未穿衣裳的小河」即是真摯且未經修飾的思念。順著這條思念之河的流勢，你讀到一尾復活的典故──「你的信像一尾魚游來」；詩人讀著信中的訊息，腦海裡慢慢浮現戀人的久違的面容，河（信）中的生活倒影是那麼的真實，彷彿在眼前，卻又那麼的虛幻，像泡沫隨時湮滅。

洛夫將大自然意象契入生活之中，從河到魚，從鱗到鏡到泡沫，一切順理成章，像一條小河不經意的流過，其中有隱喻的魚有動人的倒影。你從容地讀著洛夫，洛夫從容地讀信⋯⋯

「從容」？你似乎另有所悟。就本詩集的閱讀經驗而言，很寫意的，信手拈來的「從容」，顯然是「物我合一」的成功因素之一。反之，急於表達某種理念和詩觀的詩篇，往往出現主體意識凌駕在客體之上的反效果。

不管怎樣，細讀詩魔額上動人的鱗片，你窺見翔龍、怒蟒和沉魚的光澤，窺見人間的煙火和空靈的水墨。你似乎有所悟，可又沒有太大的把握。不過你總算把這本原以為很魔的《魔歌》輕輕哼過一遍，稍稍領略了詩魔體內難以辨識的高音。

小結、入魔無悔

洛夫在《魔歌・自序》的結尾地方，說了一番很適合用來結束本文的「魔言」──「詩之入魔，自有一番特殊的境界與迷人之處」，如果「達到呼風喚雨，點石成金的效果，縱然身列魔榜，難成正果，

也足以自豪了」（p.013）。正因如此，洛夫的詩才值得一讀，一讀再讀。

【引文書目】：

洛　夫（1981，再版），《魔歌》，台北：蓬萊出版社。

【參考書目】：

洛　夫（1986），《詩的邊緣》，台北：漢光出版社。

洛　夫（1994），《雪崩》，台北：書林出版社。

費　勇（1994），《洛夫與中國現代詩》，台北：東大書局。

潘文祥（1997），《洛夫詩研究》，台北：台灣師大國文所碩士論文。

龍彼德（1998），《一代詩魔洛夫》，台北：小報出版社。

蕭　蕭編（1991），《詩魔的蛻變》，台北：詩之華出版社。

胃的殖民史

——台灣現代詩裡的速食文化

　　外食產業本來就是都市人最重要的一個消費項目，而發源於美國的速食（Fast-food），即是現代化生活的產物，它幾乎是因應都市生活中被割裂和壓縮成塊狀的時間而出現。而速食業Quick-Service-Restaurant（簡稱 QSR）正如其名所意涵的，講究的是快速服務、產品衛生、標準化及親切的服務。當然，它也沒有一般餐飲業的桌邊服務（table service），強調的是便利性和自主性[1]。

　　一九八三年寬達食品以 50%合資的方式率先引進麥當勞，一九八四年一月二十八日，第一家麥當勞速食店在台北市開幕；一九八五年統一公司引進肯德基，吉盛食品引進溫娣漢堡，美系的速食業大舉進入台灣的外食市場，挾著巨大的廣告效應和令人耳目一新的餐飲樣式，美式速食店如同巨型殞石般撞擊台北，展開一波無可抵

---

[1] 詹定宇、李玉文（1998/05），〈美國速食業在台灣發展型態之探討〉，《台灣經濟》257 期，頁 31。

擋的文化殖民。比起西方服飾和流行音樂在市民生活中的「潛移默
化」，速食店的「進犯」是非常顯著的。一場胃的殖民戰爭，就在一
九八四年台灣飲食文化的版圖上點燃序幕。

　　我們可以從許多工商業或社會學方面的論文，讀到美式速食對
台灣都市文化的殖民歷程，但有沒有可能透過現代詩來再現美式速
食在台灣的發展呢？這個動機首先得面對資料上的問題。以詩來印
證或對應社會現象或某些事物的發展，先天上就陷入被動的困境，
論述的深度和結構主要取決於現存的詩篇，詩人觀察之所得即是論
據之所在；即使某些具有高度歷史價值的議題，所能引發的回響往
往也是短暫的。

　　本文企圖透過八首有關速食的詩篇，配合外緣資料的輔助，來
回顧美式速食在台灣的殖民史。從中，也能讀出不同世代的詩人，
面對速食店時在文化視野上的差異，以及隨著大環境而轉變的主題。

＊

　　一九八五年八月三日，羅門（1928-）在《中國時報・人間副刊》
發表了名作〈「麥當勞」午餐時間〉（1985），嚴肅地探討了這個消費
空間及其衍生的文化問題。李瑞騰在《七十四年詩選》的「編者按
語」，對此詩的社會背景作了一些簡單卻很重要的提示：「『麥當勞』
對於台灣飲食文化所造成的衝擊與震撼過去之後，似乎已經廣被我們
的都市子民所接受了，而成為我們生活的一部分。對於多少年來一直
在都市範疇取材，反映、批判都市文明，而企圖把文明層次提昇到文

化層次思考的詩人羅門，『勞當勞』現象被他所注意，應是理所當然的了。」[2]

換言之，在羅門特寫麥當勞的時候，它所代表的美式速食文化對本土飲食文化所造成的衝擊與震撼已成「過去」，早已被台北市民所接受（所以羅門筆下的麥當勞會出現三個不同年齡的客層），雖然過了一年半，但此時正是各種美式速食業的導入期，西式飲食文化的大舉進犯，對久居台北的羅門形成一股不得不重視的脅迫感。站在社會觀察者（而非麥當勞消費者）的批判位置，羅門用詩來傳達他的考察成果。

透過〈「麥當勞」午餐時間〉，我們得以從文化斷層和文化殖民的雙重角度，來探勘麥當勞對台北市飲食文化的衝擊。羅門在第一節用輕巧的語言塑造了一個明快的畫面：「一群年輕人／帶著風／衝進來／被最亮的位子／拉過去／同整座城／坐在一起」[3]。在這裡，麥當勞代表一種時下最流行的生活樣式，已非單純的餐飲需求或維生消費；而它最能夠吸引進來的消費者，便是那些由都市文化培植出來的年輕人，他們在詩人輕快的語言節奏中，溜進潔亮的飲食空間，找到一個彷彿為他們這個世代量身訂做的（速食）文化位置，跟整座「消費之城」坐在一起。然而他們「手裡的刀叉／較來往的

---

[2] 李瑞騰編（1986），《七十四年詩選》，台北：爾雅出版社，頁172。
[3] 羅門（1988），《整個世界停止呼吸在起跑線上》，台北：春暉出版社，頁48。

車／還快速地穿過／迷你而帥勁的／中午」[4]；街道上快速穿梭的車輛，在此可視爲現代都市文明的簡易象徵，而這群年輕人那雙原來操作筷子的手，卻比任何一位駕駛盤上的中產階級，更能掌握新興都市文化的節奏。

第一節年輕人的消費景象讓第二節的中年人顯得格格不入，羅門在此安排了一次不可避免的文化衝突——這兩三位被迫調適固有的飲食習慣，而感到疲累的中年人，不由自主地將「手裡的刀叉／慢慢張成筷子的雙腳／走回三十年前鎮上的小館」[5]，潛意識裡的中式飲食慣性仍然駕馭著用餐的形式，「刀叉」儼然成爲中西飲食文化的心理戰場。他們之所以來吃麥當勞，那是因爲它已經成爲最具時代性的「文化入門之物」（cultural primer），「親身體驗」過麥當勞的飲食方式，是一種趕時髦的消費心理，雖然它未能鬆動中年人根深柢固的「小館文化」。

第三節輪到老年人，讀者或以爲羅門必須加深文化衝突的層次，很令人意外的是羅門並沒有順勢引爆，反而讓老人自我矮化，以全副西裝的妥協姿態進入麥當勞：

　　一個老年人

　　坐在角落裡

　　穿著不太合身的

　　　　成衣西裝

---

[4] 同上，頁 49。

[5] 同上，頁 49。

> 吃完不太合胃的
>
>   漢堡
>
> 怎麼想也想不到
>
> 漢朝的城堡那裡去[6]

這幅東方老人被西方衣著和飲食文化強暴／殖民的畫面，暗示著東方傳統飲食文化被西方速食文化的徹底侵占；而且羅門還透過老年人想不通「漢堡」的譯名，來暗示漢文化正從都市生活中漸漸消逝。或許是一種人群蝟集心態使然，令他來到這個熱鬧的「文化異域」進餐；儘管他已全力抵禦新時代對老人的淘汰力，穿上「不太合身的／成衣西裝」，可他萬萬沒有料到，麥當勞裡的速食形式和節奏，已取消了傳統社會進餐的儀式性及相互的溝通時機，令餐桌與餐桌之間的人際關係，更形冷漠與孤立，他惟有「枯坐成一棵／室內裝潢的老松」[7]。

　　這首詩揭露了三個不同客層的消費心態，成群的年輕人固然是基於時髦而消費，可他們對刀叉的掌握能力卻象徵著對新式飲食文化／現代化步伐的高度適應；結伴而來的中年人更有不願落伍的動機，然而在他們企圖跨越美式文化入門階時，中式飲食文化的主體意識卻在暗地裡掙扎；至於孤單的老年人，則想蝟集於人潮中去感受生命的熱度，不過他終究淪為被時代淘汰的分子——那種「不說

---

[6] 同上，頁 50-51。

[7] 同上，頁 51。

話還好／一自言自語／必又是同震耳的炮聲」[8]的噪音製造者。

「麥當勞」和「刀叉／筷子」是架構起此詩文化議題的兩大意象。前者是文化的殖民者，後者則是東西方飲食文化的首要交鋒據點，而「刀叉」在這個場合語境當中，完成了羅門所賦予的文化衝突之大任。筷子與刀叉分別象徵東西方用餐禮儀的衝突，如果少了「刀叉←→筷子」的「內在文化轉換」，羅門的部分構想便無法落實。可是問題正出在「刀叉」——這是羅門在描述麥當勞的「午餐」時，犯下的一個錯誤——在麥當勞只有「早餐」的鬆餅是用刀叉進餐的，況且鬆餅不足以代表以漢堡為主食的麥當勞速食業，那比較傾向於西餐廳裡講究用餐禮儀的精緻餐飲文化。羅門用刀叉來象徵這個新興的速食文化，乃一大敗筆（他應該用「手」來處理此一複雜的議題）。

不管怎樣，此詩畢竟提出了麥當勞對傳統飲食文化（尤其人際關係和用餐禮儀）所造成的衝擊，以及「再結構」的預警。麥當勞很殘酷地將老、中、青三代消費者區分開來，它儼然成為「時代感」的鑒定者，在此消費不是為了吃飽，而志在取得或「更新」（update）都市文化的身分認同。就八〇年代中期台灣的飲食文化而言，麥當勞無疑是「最新版」，另一個更新文化身分的速食店則是「肯德基」（KFC）。

在肯德基引進台灣的第三年，張默（1931-）針對這個「更新」的意識寫過一首〈肯德基〉（1989）：「少年郎呀／咱家今年剛好六十

---

[8] 同上，頁51。

歲／我也經常偷偷地投你以疑惑的眼光／我覺得和你們在一起／搶
著，啃著，叫著／讓靈魂也沙拉一下／……／少年郎呀／你一定得
等一等我／每天我願整裝待發／三分鐘吞掉一個小漢堡」[9]。此詩清
楚地二分出兩種消費者——少年與老人，前者無疑是麥當勞文化的
代言人，後者原來扮演著社會觀察者的角色。張默非常準確地捕捉
到老年人消費心理的轉化，先讓文本中六十歲的老人家（我）對少
年消費者的吃相產生疑惑，進而萌生憧憬，再明確地指出速食的形
式（尤其速度）是都市飲食文化的一大考驗；爲了取得這一分認同，
他打算拼了老命用三分鐘去吞掉一個漢堡！好讓靈魂獲得新興消費
文化的滋潤（也沙拉一下），而充滿活力。看似輕快的語氣，其實來
自於老人沉重的焦慮，被現代化社會所淘汰的焦慮。

　　前行代詩人羅門和張默在面對兩大美式速食系統時，前者抱持
著論述性的宏觀視角去檢視麥當勞現象，後者則深入其中，從微觀
的消費心理去勾勒老年人如何更新自己的都市人身分。對他倆而
言，麥當勞是一個強橫的殖民者，基於中西飲食文化的鴻溝，他們
絕不會成爲麥當勞族。

　　一九九〇年，台大城鄉所的陳坤宏和王鴻楷曾經針對麥當勞文
化在台北都會地區的擴散情形及其對居民在消費型態及生活方式上
所造成的影響做過研究，他們發現：「麥當勞文化在台北都會區推出
新產品形象並擴展它的服務項目時，它的文化層面包括使用麥當勞
漢堡所抱持的符號消費、生活習慣及消費型態的改變均跟著滲透至

---

[9]　張默（1990），《光陰梯子》，台北：尚書出版社，頁212-213。

市場之中，進而改變居民的生活方式，更造成整個台北都會區消費
空間的再結構」[10]。再結構的趨勢，早在羅門詩中已經預警過了，
都市人唯一能做和想做的，是去迎合、推動這個趨勢。身為上班族
的侯吉諒（1958-）也在〈美式速食〉（1987）一詩，以鳥瞰式的敘
述披露過這個趨勢：

　　黃金地段的大廈一張嘴

　　就把黃色長龍吃下

　　用五千年來從未有過的吃法

　　快速的消化了

　　華夏飲食的

　　髒亂與驕傲[11]

正是如此，速食店通常開設在都市人潮最多的節點（node），一向以
吃為天，有著悠久飲食文化傳統的黃炎子孫，卻輕易降服在美式速
食的誘惑之下。侯吉諒站在旁觀者／分析者的位置，說明了美式速
食得以侵城略地的主要因素——相對於空間較髒亂，因講究烹飪成
果而犧牲了時間效率的華夏飲食，強調迅速、衛生、產品標準化的
美式速食確實較能契合都市生活的便捷需求。此外，這種前所未有
的新鮮吃法，很能夠吸引追逐時尚潮流的現代都市人。張國治
（1957-）則在〈肯德基和上校〉（1990）一詩裡表示：「這些年他無

---

[10] 轉引自陳坤宏（1995），《消費文化與空間結構——理論與應用》，台北：
　　詹氏書局，頁147。
[11] 侯吉諒（1987），《城市心情》，台北：漢光出版社，頁85。

所不在／賜我們豐富潔淨的餐飲／……我們習慣地走進去／吃喝不便宜的速食文化」[12]。確實如此，速食從「潔淨」和「便利」兩個據點展開它的文化殖民，那是它最強的武器，足以把無數的黃色長龍吃掉。由此得知，才短短三、五年間，美式速食便成功殖民了都市人的胃腸，所有的焦慮都一一沉沒在習慣的背面，漢堡和炸雞渾然地融入台灣人的胃壁當中。

在麥當勞登陸台北的第八年，張默發表了一首〈麥當勞速寫〉（1991），字裡行間同樣流露出上述的消費意識。或許歷經較長時間的觀察和「食用」，他發現了更深層的消費心理。這首詩由遠而近，以細膩的鏡頭來捕捉消費者的形象和行為：

> 遠遠看
>
> 　它是透黃的M
>
> 近近看
>
> 　它還是透黃的M
>
> 戴眼鏡的與不戴眼鏡的
>
> 穿牛仔裝的與不穿牛仔裝的
>
> 反正大家擠在這裡
>
> 喝一杯紅茶，或者
>
> 一撮薯條
>
> 就可以削去大半個下午
>
> 而飢渴如故，彷彿彩繪在

---

[12] 張國治（1991），《憂鬱的極限》，台北：詩之華出版社，頁82-83。

每個人脈絡分明的青筋上[13]

這首詩裡的書寫情緒是平和的，輕描淡寫地敘說一件司空見慣的事。這個年頭的麥當勞不再令人產生文化斷層的憂慮，不管是戴眼鏡的讀書人，或者穿牛仔裝的時髦青少年，反正形形色色的人全都擠在這裡（不必再去強調年齡層），用一致的心情消費著同樣的東西：紅茶、薯條、時間。在快節奏的都市生活裡，「速食店」超越了原來的「速食」角色，既不速也不食，用餐已經不是重點，時間更不迫切，即使坐了一整個下午他們的食慾並沒有獲得真正的滿足。因為他們消費的不是漢堡，而是麥當勞提供的空間、被空間包裹起來的時間，以及打發時間的零嘴。總的來說，他們消費的是「M」——這個金色拱門所蘊含的符號內容；色澤透黃，線條柔軟的「M」象徵著冷都市裡的熱空間，在遠處誘導著準消費者的渴望，在眼前用它的超人氣把路人擁抱進來。

此詩值得注意的是：張默改用觀察者的身分在敘述這項見聞，他本身似乎失去參與這種符號性的消費的興趣，從引文的最後三行就能判讀出他對此現象的負面觀感，甚至可以由此再作一次逆向的解讀：張默正是透過平和的語氣來批判麥當勞消費現象，從務實的角度來看，那正是一種既浪費時間又吃不飽的笨行為。從兩年前那首〈肯德基〉裡努力吃漢堡，以便取得最新版文化認同的老人，到麥當勞晉入符號化消費階段後的冷眼旁觀者（冷眼批評者），或許是消費目的之轉變——由純吃漢堡，轉變成整體空間與物件的綜合消

---

[13] 張默（1994），《落葉滿階》，台北：九歌出版社，頁107-108。

費（或者消磨）──張默便悄悄退到主要的消費族群之外。不過他仍舊能夠準確地掌握了這種消費行為的本質，用很短的篇幅便將它勾勒出來。

無論是美系的 KFC、Pizza Hut、Wendy's、Burger King，日系的摩斯、儂特利，或國產的 21 世紀、三商巧福，極大部速食業皆著重於食物本身的魅力（從廣告便可以看出），首要目的在於勾起並滿足顧客的食慾，唯獨麥當勞在本質上卻偏重符號性。

很明顯的，麥當勞的廣告強調的元素不外乎：音樂、旋律、溫馨正面的路線，加上打動人心的趣味點，更重要的是生活化與本土化。台灣麥當勞每年至少投入一千萬台幣以上的預算，針對不同年齡層進行各式各樣的調查，包括小孩子最近流行看什麼卡通、喜歡講什麼流行語等等。藉此，麥當勞可以掌握消費者生活型態的特點及轉變，從而推出適合的商品和服務。說穿了，麥當勞不就是在賣它的品牌，賣一種歡樂的氣氛。這個全球性的經營策略，讓台灣麥當勞在短短十五年間，營業額成長了五十幾倍，而它金黃色的「M」字型拱門，可能也是台灣小孩第一個認識的企業標誌[14]。

我們不妨仔細回顧九〇年代中期以來，這個商品在台灣透過「超值的早餐」、「同學會」、「兒童慶生派對」、「快樂兒童餐」、「社會福利捐助專案」等人性化的廣告，以及諸如「Hello Kitty」、「史努比玩偶」等多種套餐的策略行銷，同時向不同年齡層的消費者，傳達

---

[14] 洪懿妍（1999/03），〈麥當勞如何成長五十倍？〉，《天下雜誌》214 期，頁 176-181。

了時麾、便捷、童趣、歡樂、關懷、幸福、收藏等訊息,「吃」的動作和誘因彷彿消隱在漢堡的餡裡面（連詩人對於麥當勞漢堡的口味都一字不提）,廣大群眾消費的是漢堡以外的附加價值,是一整個色澤溫暖的「M」。

像麥當勞這種「符號消費」（symbolic consumption）,之所以能將商品和人們的生活鏈結在一起,依賴的是廣告,我們消費的是經由廣告而產生的意義。「『符號消費』意味著現代社會已超出維持生存水平的消費,開始加入了文化的、感性的因素。消費者的活動開始具有非理性的傾向。所以,消費的符號化現象就是以過度充裕的消費為背景而存在」[15]。徹底符號化的麥當勞,已經不再是一間速食店,而是一個集約會、休息、進餐、聊天、K書、玩樂、打發時間的地方,它默默地儲蓄都市人的生活坐息和記憶,吸引居民與路人的認同,它甚至是一個讓都市情感不自覺地蝟集起來的節點。

從上述詩篇可以發現,文本中的最年輕的消費層是青少年,兒童尚未出現。九〇年代中期以前,麥當勞和肯德基都處於滲透階段,還在探索市場,熟悉台灣人的消費習性與飲食文化、建立上下游廠商的行銷網絡[16],其後麥當勞才將消費的觸角伸向兒童。李清志在〈快餐城堡〉一文中,對麥當勞的消費形態有深入的剖析,他指出

---

[15] 陳坤宏（1995）,《消費文化與空間結構──理論與回應》,台北:詹氏書局,頁150。

[16] 詹定宇、李玉文（1998/05）,〈美國速食業在台灣發展型態之探討〉,《台灣經濟》257期,頁37。

——「麥當勞深知孩童的消費潛力，在速食店內增設兒童遊樂區，
辦兒童生日派對，吸引無知的兒童前往，並藉由孩童的要求來操縱
父母的購買行為」；因為「改變未來主人翁的飲食習慣等於創造未來
的龐大消費市場，而迪斯奈樂園式的空間正好投合了孩童的幻想。
因此漢堡薯條加上後現代手法推砌的空間，將成為現代兒童規格化
生活的一部分」[17]。

　　這個深謀遠慮的商機前瞻，預先把麥當勞根植在都市兒童心
中，好讓麥當勞陪伴著兒童成長，成為他們生活習慣的一環。辛金
順（1963-）在〈麥當勞一瞥〉（1996）一詩中，作了如此的描述：

　春天在這裡爆破
　孩子們卻把歡笑遺落
　吸管和吸管並排
　可樂快樂的在紙杯裡唱歌
　…………
　而漢堡夾住理想
　整個世界都在嘴邊
　酸、甜、苦、辣
　各成口味[18]

麥當勞替都市孩子虛擬了一個歡樂的童年，在這裡爆破生命中的春

---

[17] 李清志（1996），《鳥國狂：世紀末台北空間文化現象》，台北：創興出版
　　社，頁32-33。
[18] 辛金順（1997），《最後的家園》，台北：文史哲出版社，頁37-38。

天。可是這種歡樂是由並排的吸管和紙杯盛著的可樂組構而成,這兩種消耗性質材暗示了「春天／歡樂」的脆弱體質。去麥當勞是兒童最大的心願和渴望,一個小小的漢堡足以夾住整個世界,他們咬下去只感覺到甜味。「酸、甜、苦、辣／各成口味」是就漢堡(麥當勞)的整體消費感受而言,在不同心智／心態的消費者口中,它產生不同的意義,可能只是在店裡打發時間的咀嚼物,可能是聊天時吃而不究其味的麵包夾肉,可能是酸菜和蕃茄醬使勁拉攏舌蕾的美好晚餐,或者吃它只為了收集每月不同的麥當勞玩具。不同的消費動機與心態,對漢堡產生不同的味覺反應。其實味道並不重要,重要的是:「地球／仍在喧鬧中旋轉／旋轉成／孩子的夢」[19]。

麥當勞成功進駐兒童的心靈,正好說明了城市的生活機制對兒童的剝奪,童年的樂趣隨著田園一起消失,乏味的都市生活讓兒童禁不起新鮮事物的誘惑。麥當勞奠基在灰色的生活土壤上,虛擬了另一個繽紛的童年。或許,這已觸及兒童成長環境等社會問題。

經過多位「前輩」詩人置身事外的觀察與批評,真正的「麥當勞世代」——更年輕的輔大學生潘寧馨(1976-)——在麥當勞「登台」的第十四年,發表了她的〈速食店記實〉(1997)。她是吃麥當勞長大的年輕消費群,所以一開始就道出「M」與「麥當勞世代」的臍帶關係:

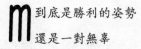

到底是勝利的姿勢
還是一對無辜

　　高聳的乳房[20]

「Ｍ」對年輕世代飲食及生活習慣的再結構，已經是八〇年代的老故
事了；歷經十餘年的文化殖民，「Ｍ」早已進駐都市裡每個人潮蝟集
的角落，並成爲重要情事節點。尤其在冰冷、僵硬的幾何線條組成
的都市景觀當中，造形童趣、曲線條、色澤暖和的「Ｍ」，真是一個
突兀卻因此而更動人的符號。這個符號對都市人生活面的統治無疑
是成功的，它可以被視爲「勝利的手勢」，同時它也是「一對無辜／
高聳的乳房」——它以豐沛的奶水（各種誘導消費者的、如夢如幻的
符號）滋養了廣大的麥當勞世代，那「高張的圖騰令你聯想起母親
／永不止息的溫柔和／口腔期的深層懷念」[21]。至於「高聳」——
正是它的魅力（商品內涵）之象徵，卻又成爲都市文本最愛批判的對
象。「無辜」一詞，則讓「Ｍ」陷入非常弔詭的辯證位置，連她本身
也找不到答案。

　　接著潘寧馨站在不同於前輩詩人的角色位置來發聲：

　　飢餓咀嚼時間

　　人裝飾孤單

　　首都則迅速淪陷在

　　空心手勢和黃色乳房

　　尺寸一致的塑膠味笑容裡[22]

---

[20]　潘寧馨（1997/10），〈速食店記實〉，《創世紀》第 112 期，頁 45。

[21]　同上，頁 45。

[22]　同上，頁 45。

許多消費者的心靈都是孤單的,他們企圖透過時間的消費來融入聲音紛擾的環境,彼此互相裝飾成有形的熱鬧。即然整個台北淪陷在空洞且制式的符號消費裡,住在淪陷區多年的她當然不會重犯羅門的「刀叉」錯誤,在這個由澄灩誘人的薯條、滿滿一「手」的漢堡、黑色二氧化碳的飲料拼湊而成的空間裡,「端莊的吃相是多餘的誇飾／話題請儘可能低劣和無聊／……／離開時保持桌面的清潔／即是唯一的文明」[23]——這才是麥當勞最赤裸最寫實的消費景象。麥當勞甚至成為她(們)渲洩生活壓力的地方:「防城市的歪曲傾斜而來的沉重和／一貫奄奄一息的反抗 一同／腐蝕在黑色的二氧化碳裡攪拌／大口吞嚥時 享受悲哀化合物／直衝喉頭的高潮」[24]。這種非常細膩且情緒糾葛的描寫,從未出現在(她的)前輩詩人筆下,因為她才是真正了解、經常「使用」麥當勞的消費群。這個高度符號化的商品,在冷酷的城市裡卻很反諷地扮演著「慈母」的角色,「任何時辰 歡迎光顧從不疲倦／高張的圖騰令你聯想起母親／永不止息的溫柔和／口腔期的深層懷念」[25]。由此可見,麥當勞已經重構了新一代都市人的生活習慣,新一代的飲食文化儼然成形。

然而,麥當勞所扮演的「慈母」角色,似乎可以「銜接」辛金順的觀察,兩者的結合即披露了一個更嚴重的社會問題。「去田園化」的都市不但剝奪了童年樂趣,被麥當勞「孕育」出來的麥當勞族背

---

[23] 同上,頁45。
[24] 同上,頁45。
[25] 同上,頁45。

後，隱藏著更大的問題：或許是都市婦女在職場上投注的時間及心力，遠高於在「母親」的職責，都市兒童的生活與心靈便尋找外界的依附，麥當勞不但提供了童年最具體的歡樂，更成為青少年的一個心靈寓所，儘管它不能回應他們的苦悶和憂愁，但它將之轉化，化合在軟飲中嚥下。這對「高聳的乳房」，其實在述說一個生活及心靈的危機。

　　從更宏觀的角度來看，麥當勞不但成為都市飲食文化中極為重要的一環，不但影響了兒童和青少年的生活結構，它甚至跟地區的發展繫上密切的商業關係。鴻鴻（1964-）在短短八行的〈麥當勞〉（1998）一詩中，不去描述麥當勞的用餐概況，反而透過一條即將開闢的公路，結合了道路使用者印象中的最為深刻的種種現象，在文本中預測它可能引發的正面商機和負面問題，很寫實又很巧妙地說明了麥當勞的社會角色：

　　　　公路將通過此地

　　　　為大家帶來

　　　　廢氣

　　　　路標

　　　　收費站

　　　　工作機會

　　　　死貓死狗

　　　　麥當勞[26]

---

[26] 鴻鴻（1998/02/20），〈麥當勞〉，《台灣日報・台灣副刊》。

這首語帶不屑的短詩,強而有力地召喚我們的生活印象,使我們不得不承認:麥當勞(以及其他連鎖型速食店),確實是地方開發程度的指標性建築。發展會同時帶來破壞與建設,不過很多事物都有一體之兩面,像「路標」、「工作機會」和「麥當勞」背後所付出的社會代價固然難以估算,但它們的正面價值也是不容否定的。鴻鴻把此三者夾敘在令居民厭惡的「廢氣」、「收費站」、「死貓死狗」之間,乍看之下六樣東西全是負面的事物,實際上卻是正反交錯,好壞參半,其中隱含了詩人內心的矛盾與掙扎;他發現麥當勞不但是都市鬧區的重要地景,甚至已成爲地方發展的重要配件。如果在此銜接前述辛、潘二人的詩作,便可以讀出它潛在的影響——麥當勞將爲當地的孩子虛擬一個歡樂的童年,將之孕育成新的麥當勞族,重演上述論及的社會現象。可是,從成年人的消費需求來看,它的便利性又不容否定。這是都市生活中常有的矛盾。

＊

或許可以這麼說:在鴻鴻簡短詩句的留白之處,(被鴻鴻刻意留白的)麥當勞的社會價值,乃是一道因人而異的填充題——羅門在麥當勞殖民的初期,填下文化斷層和殖民的焦慮(1985);張默先後填下肯德基裡消費者身分的更新(1989),以及符號化的麥當勞消費實況(1991),侯吉諒和張國治分別指出了中西飲食文化的宏觀比較,還有美式速食的優勢(1987、1990);九〇年代中期以後,麥當勞低齡化的客層拓展策略,讓辛金順記下它如何爲活在冰冷城市的

兒童，虛擬了美好的春天（1996）；至於身爲主要消費群的潘寧馨，置身於常態的消費活動中，鉅細靡遺地刻劃麥當勞世代的思維舉止，更道出都市人和「M」在符號消費網絡裡的臍帶關係（1997）。這個越來越龐大、無孔不入的速食文化最後演進成一個價值難斷的都市座標（1998）。

　　上述八首寫於不同時代背景、出自不同世代詩人、主題與敘述視角不斷演化的詩篇，大致呈現了兩大美式速食業在台灣（尤其台北）的影響和演進，從衝擊、抗拒、認同、追尋、享用，到社區發展的指標，構織出一幅錯綜複雜的「胃的殖民史（1985-1998）」。當然，「胃」在這裡已經不僅僅作爲飲食器官的單純指涉，它是一個象徵（好比「M」作爲一個符號消費的象徵），象徵著整個飲食文化和影響所及的社會層面；這場殖民戰爭從形下的胃擴張到形上的生活機能，美式速食不但征服了都市人的胃腸，重新結構了他們的生活細節和品質，同時也揭露了許多社會問題。至於「麥當勞」與「肯德基」這兩支不戰而屈人之兵，仍然努力地開發它們的潛在商機，繼續往市區以外的角落延伸。

【卷 二】

大陸當代詩歌

反英雄神話和他的文化疲憊

歷史的想像與還原

反英雄神話和他的文化疲憊

——細讀江河的神話組詩《太陽和他的反光》

序

　　在大陸「新詩潮」時期的朦朧詩人當中，江河（1949-）與楊煉（1955-）都是以具有史詩氣慨的大格局作品屹立詩壇。但相較於楊煉那些意象越來越繁密艱澀，情感與題旨越來越冷硬深沉的詩篇，江河的詩路反而顯得更富有開創性與可讀性，尤其發表於《黃河》詩刊一九八五年第一期的神話組詩《太陽和他的反光》（十二首）[1]，在神話題材的創作方面可謂化腐朽爲神奇，重構了固有的中國古代神話故事與精神；江河非但突破了本身逐漸僵化的敘事模式，同時他以輕快靈動的語言和優美柔和的意象，去經營龐大的文化意圖，而這輯組詩

---

[1] 這輯組詩分別由：〈開天〉、〈補天〉、〈結緣〉、〈追日〉、〈塡海〉、〈射日〉、〈刑天〉、〈斫木〉、〈移山〉、〈燧木〉、〈息壤〉、〈水祭〉等十二首短詩組成，共三百六十九行。同年，全輯完整收入於老木編選的《新詩潮詩集》當中，此爲朦朧詩最重要的選集。本文亦以此版本爲徵引根據，同時經參照諸如《五人詩選》、《探索詩集》、《朦朧詩選》等重要選集，確定核對無誤。

的藝術表現，確實超出了當代大陸詩壇與學術界對朦朧詩的審美期待。

這輯組詩一再的被詮釋成具有強烈的文化反省意圖，學界與詩壇的評論都一致認為：這是江河改以重構神話的角度來經營他對民族歷史和文化的批判與思考，是朦朧詩的一種精神延續或者變型。然而當我們深入其意象／影像操作與思維結構的縫隙中，卻解讀出另一種不曾被發現過或討論過的內心矛盾。這種矛盾就是江河長年擔負文化／詩學振興之大任，長久經營題旨宏大的詩篇之後，潛意識裡不自覺流露的文化疲憊，這一點可從《太陽和他的反光》之後發表的新作中獲得有力的論據。

在我們正式進入論述之前，不禁要問一個問題：為什麼江河要把這輯組詩命名為「太陽和他的反光」？作為一輯深受作者本身所重視之組詩的總篇名，它除了必須涵蓋「名下」的十二首短詩的題旨之外，它也是作者對這十二次理念演繹的一個基本態度。

換言之，「太陽」和他的「反光」就是重新解讀此詩最關鍵的鑰匙；率先處理了前者的象徵性意涵之後，本文的論析軌道則沿著後者展延開來。

本文將以這輯組詩為主要的論述依據，輔以江河前後期的若干詩作，再重建其他詩人和學者的批評觀點，然後從另一個不同的視角來細讀江河這項龐大的反英雄神話之書寫意圖與策略；並從其縫隙中發掘他潛意識裡的文化疲憊，以及風格蛻變的潛伏因子，以廓清他如何從原來朦朧詩人的心理位置，轉移到形近後新詩潮的反崇高、反貴族化、反英雄主義的境地。

一、「反光」的意圖與「反英雄」的書寫策略

　　幾乎所有新詩潮的朦朧詩人都具備一項共同的氣慨，就是承擔革新當代詩歌傳統之大任的自我期許與氣魄。這種勇於代表「一代人」的文學／文化承擔意識，更成為新詩潮時期極為重要的一個思想標誌。北島、顧城、江河、楊煉、舒婷等人，無一不是站在英雄的位置上發言，站在當代詩歌藝術與文化革新最前衛的探索點，用他們的詩歌去撼醒一代人的心靈迷障、去批判醜惡的政治謊言，去書寫詩史嶄新的篇章。

　　江河早在其百餘行的長詩〈祖國啊，祖國〉（1980）裡，已經充分顯現出這種民族文化的承擔意識，他在詩裡高喊著：「在英雄倒下的地方／我起來歌唱祖國」（老木編，1985：106），他所謂的「歌唱」即是史詩的書寫[2]，他對中國浩瀚詩史獨缺史詩感到無比的納悶：「為什麼史詩的時代過去了，卻沒有留下史詩。作為個人在歷史中所盡可能發揮的作用，作為詩人的良心和使命，不是沒有該反省的地方」（璧華、楊零編，1984：148），為祖國創作史詩的使命感一直驅動著他的筆，他選擇較宏偉的敘述來呈現胸臆中的史詩圖象，譬如〈祖國啊，祖國〉一詩：

---

[2] 新詩潮詩人所提出的「史詩」概念，不屬於傳統史詩的範疇，它指的不是那種用吟唱方式講述歷史事件和英雄事跡的敘事性作品。他們強調詩人本身的「歷史感」、「宏觀的感知角度」、「英雄姿態與精神氣質」；所以新詩潮時期的史詩都有濃厚的抒情性，以及自我的投射（洪子誠、劉登翰著，1993：424-426）。

　　我把長城莊嚴地放上北方的山巒

　　像晃動著幾千年沉重的鎖鏈

　　像高舉剛剛死去的兒子

　　他的軀體還在我手中抽搐

　　………………

　　看著青銅的文明一層一層地剝落

　　像乾旱的土地，我手上的老繭

　　和被風抽打的一片片誠實的嘴唇　　（同上：106-108）

祖國成爲一幅供他翻山越嶺的山水畫，捲軸在手中如鷹翼展開，悲痛
的思緒駕馭激昂的語言，情感結實的山河意象在我們的閱讀中川流不
息。這種主體情感對客體的深層滲透，同樣表現在〈紀念碑〉、〈葬禮〉、
〈從這裡開始〉等詩當中。所以一旦他的目光觸及飽含文化基因的中
國古代神話，洶湧而至的感慨與再詮釋的寫作衝動是可想而知的。

　　江河認爲「任何民族都有自己的神話，自己心理建構的原型。作
爲生命隱祕的啓示，以點石生輝」（轉引自莊柔玉，1993：129-130）。
在他的理解中，中國古代神話蘊含了中華民族的精神氣質和文化性
格，必須透過神話來解讀這塵封已久的歷史文化訊息。那些流傳逾千
年的上古神話，譬如〈追日〉、〈塡海〉、〈射日〉、〈治洪〉和〈補天〉
等等，都是一些無比強韌，充滿英雄氣慨的民族精神之表現，可它們
那股理應不朽的民族精神特質至今早已蕩然無存，神話裡的英雄人格
也不復出現。當代民族精神的真空狀態，再度驅動江河內心的文化使
命感，彷彿重新喚醒在神話背面沉睡千年的上古龍族精靈，就是他必
須承擔的重責大任。

　　「江河的《太陽和他的反光》，就是要讓古老的神話『復甦』，讓

民族神話以嶄新的形態出現,『喚醒』和『滋潤』民族的靈魂及精神」
(莊柔玉,1993:130)。江河對神話的功能抱著極高的自信,既然神
話能紀錄上古中華民族的精神,如果逆向操作的話,神話就可以倒過
來激發潛伏於現代人血液裡民族精神的遺傳基因。我們幾乎可以如此
初步推斷:「太陽」即是「古代中國神話」的隱喻,但這些古遠的神
話無法在當代文化語境中發揮它應有的功效,它必須經過江河以當代
的藝術視野重新詮釋,調整它的情感結構和精神結構,讓它能有效地
激起整個民族的深層共鳴,所以這十二首現代神話就是古代神話的
「反光」。

　　在廣大民眾的閱讀及聽聞經驗中,每一則神話都擁有它固定的面
貌,但是江河隨即又得面對如何超越固有的神話故事,以及如何讓他
筆下的現代神話能夠有效運作。這輯組詩預設的閱讀功效以及江河所
面臨的創作困境,造就了它那大幅超越我們的審美期待,充滿震撼力
的突破性成果。強大的「反光」意圖是必要的,它讓十二則僵硬在典
籍裡的老神話獲得新生命,「反光」就是這輯神話組詩的先天價值所
在。

　　當江河坐在案前,大膽地構想這輯前所未有的神話組詩面貌,他
的思慮過程有意的暴露在第一首〈開天〉的第一段:

　　蜷曲著

　　一張古老的弓

　　被悠悠的漫長的時間拉緊

　　渾沌的日子,幽閉

　　而無邊　(老木編,1985:154)

流傳千年的古老神話宛如一張蜷曲的古弓,它充滿再度伸展的可能,

它那幽閉千年,在等待後來者再詮釋的英靈,在召喚江河的使命感,在召喚江河的詩筆,說它會成爲一張將甦醒的民族精神射向天下九州的良弓。但它被幽閉在固有的公式化的詮釋裡,失去了應有的生命活力。這正是江河最初被神話觸動的心理紀錄。

在此我們必須指出,當時江河原有的詩歌語言及技巧,已沒有多少發展空間;他的激昂澎湃的史詩創作,更得面對熱情逐漸冷卻下來的廣大群眾,一九八三及八四年已是朦朧詩的尾聲[3],身爲一位曾經叱吒風雲的朦朧詩人,卡在創作瓶頸上的江河勢必產生蛻變風格與尋求突破的焦慮。此刻,詩的前景正如「巨大的黑色的蚌喘息著張開」

---

[3] 到了八〇年代中期,「新詩潮」的發展由巔峰滑落,逐漸失去爭議性與開創性,由北島、楊煉等人開發出來的詩歌技巧被其模仿者大量複製,尤其意象的濫用更加嚴重,許多詩篇徹底消除了供讀者解讀的詮釋脈絡,文本中滿佈著斷裂、破碎、模糊的訊息;某些較具前衛視野的寫手,對這種僵化現象感到不滿,不得不尋求新的突破。況且對沒有在思想上體驗過文革災害的新生代而言,「歷史」只是舊照片中的平面影像、檔案裡的文字紀錄,沒有切身的關係;他們對文革時期所遺留的人格心靈、社會文化等問題,無法產生如前行代詩人般的深刻感觸,反而是改革開放以來多變的社會境況,給他們帶來更多的衝擊,改變了他們的價值觀。詩歌本身及其外在環境的雙重變動,引發了另一場聲勢浩大且又無比尖銳的「詩變」,它不但代表著新的詩歌美學的崛起與汰換,更是一次詩壇的權力篡奪,他們迫不及待地喊出「Pass北島」、「打倒舒婷」,以取代朦朧詩人的偶像地位,同時走出他們的陰影。一九八六年九月三十日,由《深圳青年報》和安徽《詩歌報》策劃推出《中國詩壇'1986現代詩群體大展》,是「新詩潮」高峰之後的一次大規模的藝術詰難。這次大展一共出現六十幾個不同宣言的「詩派」,自此大陸詩壇進入「後新詩潮」時期,他們亦稱「第三代」、「後崛起」、「新生代」、「先鋒」、「後朦朧」,是更爲激進的「後新詩潮」詩歌革命者。

（同上：154），而神話那「黏稠喑啞的弦緩緩拉直開始顫動」（同上：
154），輕輕撥弄他的創作慾念；當他仔細觀察過去大陸現代詩中神話
史詩的寫作成果，赫然發現「大地如此粗糙」（同上：155），他仍有
極大的拓展空間。一切都充滿可能，但這分可能在未實際創作之前，
還是一片荒蕪的假設；於是「他伏在海洋空闊的案頭／面對無字的
帆，狂風不定的語言」（同上：155），讓「太陽枕著的手臂抖起他的
思想」（同上：155），決心讓神話的龍鱗在筆下「反光」。

　　他大膽地抽換一些神話原有的基本元素，甚至讓那些很熟悉的神
話故事及人物變得陌生，逼使／誘使讀者在錯愕裡重新反省新舊神話
之間的意涵變化。「陌異化」就是上古神話的「反光」策略。但江河
抽離神話中的「英雄元素」，卻是一種先置於死地而後生的大膽嘗試。
「英雄元素」可以說是神話英雄成立的依據，是超凡的強悍念力與毅
力、力拔山河的氣慨與胸襟，也是對人類世界有決定性影響的言行，
它就是神話的精神結構。譬如以上的〈開天〉一詩，他不但隱去了盤
古開天過程中所有大氣磅礡的情節及影像敘述，僅僅刻劃盤古（以及
江河自己）自渾沌中開闢新局面的重重思慮，讓我們讀到英雄的猶豫
和虛空感。江河在〈追日〉一詩中，把夸父的英雄形象作了一百八十
度的驚人轉變：

　　　上路的那天，他已經老了
　　　否則他不去追太陽
　　　青春本身就是太陽
　　　‧‧‧‧‧‧‧‧‧‧‧‧‧‧‧‧‧‧
　　　他把蛇盤了掛在耳朵上
　　　把蛇拉直拿在手上

瘋瘋癲癲地戲耍

太陽不喜歡寂寞

....

傳說他渴得喝乾了渭水黃河

其實他把自己斟滿了遞給太陽

其實他和太陽彼此早有醉意　　（同上：159）

在「反英雄」的書寫策略底下，追日神話裡的英雄夸父竟然比我們還
來得老弱，像個耍猴戲的瘋老頭子，在逗弄著、奉承著太陽；更令人
不屑的是：他僅僅是為了本身的慾念而追日，更準確的說法是「訪
日」，太陽根本就靜止在他面前，新的詮釋裡完全沒有半點偉大的精
神或情操可言。江河到底想向我們訴說些什麼？按照莊柔玉的說法
是：「透過這個重新塑造的民族神話，讀者不禁質疑：民族傳說中的
奇能異士是否存在？如果所謂民族英雄只是普通人，我們為什麼還對
這等人物推崇備至，甚至活在依靠民族英雄復興民族的空想中，而不
自力更生？」（莊柔玉，1993：132）。

　　如果莊柔玉的分析成立，那江河假借神話來喚醒民族心靈的企
圖，就被他自己徹底瓦解。試問還有哪些現代人會天真到「活在依靠
民族英雄復興民族的空想中」？誰會把民族傳說中的奇能異士當成真
實的存在？尤其盤古、女媧、夸父、后羿等絕對傳奇性的神話人物！
一般民眾只會把他們的事蹟當故事看待。江河的創作意圖絕不是如莊
柔玉所言，亦非肖馳以為的：「詩人就這樣發現了民族精神中的樂觀
主義。所以他把固有的悲劇色彩都處理成喜劇」（肖馳，1986：261）；
更不是《新編中國當代文學發展史》中所謂的：「他幾乎使所有悲劇
故事都失去了悲劇色彩；使人與大自然不再對立而混然為一；使所有

的奮鬥和拚搏都輕鬆自如」（金漢等編，1993：385）。其實文本中夸父的性格表現，才是更爲深沉的悲劇；所有的奮鬥和拚搏之所以會輕鬆自如，是因爲英雄已向強大的外界力量妥協與屈服。

「悲劇」（tragedy）指的不是一件悲慘的事，或者不幸的結局。而是當事人察覺到、意識到自身的不幸，但又無法從宿命或生存的泥淖中掙脫出來，只能逆來順受地忍耐下去，改以另一種妥協的態度苟存，強迫自己去遺忘內心的不安與惶恐。對一個失去力量與勇氣的老邁夸父而言，捨棄原有的英雄意識，放下身段去耍耍猴戲，才能親近到太陽，得到他苦苦祈求的青春。這不就是英雄的悲劇嗎？江河之所以要重新調整英雄與大自然力量之間的關係，是希望借此突顯大陸人民在當代政治環境裡的處世心態，老邁的夸父正是他們的寫照。人民與政府的角色彷如老邁夸父與太陽，再怎麼偉大的理想也無法從這個頑固且霸道的政府手中獲得些許的滿足，所以大部分老百姓還是選擇妥協，一如老邁夸父耍猴戲以贏取太陽的歡心，「其實他和太陽彼此早有醉意」，相安無事不就是政府最樂於看到的結局？這是民主運動最大的悲劇，也是〈追日〉一詩置於當代大陸政治語境中的最佳詮釋。

江河將當代人民的影像灌注到追日神話裡去，創造出一面不追日的「反英雄鏡子」，讓他們在錯愕中反省，反省與原來的神話大相逕庭的陌生情節，以及感到非常熟悉的老邁夸父的生存態度。這才是江河最主要的「反光」意圖。

另一則太陽神話的「反光」又如何呢？〈射日〉一詩中的后羿同樣沒有英雄的架勢，所有的射日動作在朦朧的感覺和意象的流動裡完成，而我們印象中的十顆太陽則在灼熱的政治穹蒼一字排開：

　　泛濫的太陽漫天謊言

> 漂浮著熱氣　如辭藻
>
> 煙塵　如戰亂的喧囂
>
> 十個太陽把他架在火上烘烤
>
> 十個太陽野蠻地將他嘲弄　　（同上：161-162）

「射日」原是江河等朦朧詩人的心願和文化姿態，在這麼一個充斥著
謊言的政治／文化語境當中，他們的詩篇有如射日之箭；文本中的后
羿儼然就是朦朧詩人的化身，在政治的烈陽下被烘烤與嘲弄。但理應
轟轟烈烈、爲國爲民的射日，在江河筆下卻是「箭如別針閃閃布散於
女人的頭髮」（同上：162），所有凌厲的攻勢皆一一淪爲溫柔的妝點，
非但矮化了英雄的事蹟，連對后羿的評價也只是：「他起身做了他應
該做的」（同上：162），如此而已。如此而已？我們必須從緊密的言
說縫隙裡讀出江河內心巨大的自嘲與無奈。

　　任何一件改朝換代的大事，真正置身危機與生存壓力之中的，僅
僅是那少數的策動者與執行者，他們所承受的精神壓力和苦難都銘記
在文字之外，在廣大民眾體驗和想像之外。江河、楊煉與北島等人站
在新詩潮的最前線，以他們無比高昂亢奮的詩歌去顛覆沉睡的傳統詩
歌美學；同樣的，也有一群民主自由的奮鬥者在槍口與槍口之間，捨
身開拓理想的政治生存空間。

　　可是不管他們如何爲人民付出，一旦這些大事成爲過去，曾屬苛
政的「太陽慢慢旋轉」（同上：163），減弱了對人民的禁錮與威脅，
鬥士們的血跡就會自朝九晚五的生活意識裡淡出，只留下那張曾爲他
們冒死射下九顆太陽的「飽滿彤弓／永祭英雄輝煌的沉靜」（同上：
163），在沒有多少人會去翻閱的史冊裡頭。英雄光環逐漸消散，沉靜，
好像一切都是理所當然的，一切只不過是──「他起身做了他應該做

的」。江河／英雄心中的失落與寂寞，在此表露無疑。

在〈燧木〉一詩中，江河還原了英雄的情感和肉身，把一件文明史上的燧火大事淡化成一件輕鬆平凡的居家瑣事：

> 雪下了整整一夜
>
> 茅屋外小動物嘀嘀咕咕地交談
>
> …………………
>
> 象形文字的小爪爬滿樹身
>
> 它們攀上去嚇嚇地吃雪花
>
> 像是傳來昆蟲翅膀脆裂的響聲
>
> 孩子們睡得正香
>
> 妻子的頭髮安詳地伏在手臂
>
> …………………
>
>
> 屋檐的水滴敲著他的胃
>
>
> 他抓起一根樹枝鑽來鑽過去
>
> 藍色的火苗輕柔躥動
>
> 風中飄來烤鹿的味道　　（同上：168-169）

江河要我們將視野從眺望崇高神話的仰角調降下來，仔細俯看一間平凡茅屋裡的平凡事，屋外下了整整一夜的雪，他的妻兒都睡了，之所以要燧火，乃因為轆轆的飢腸在作祟，隨手抓起燧木燧出藍色的火苗，把鹿肉在寒風裡烤得香香的。江河向讀者暴露了英雄／詩人無可避免的真實生活情況，儘管他們創造了某些偉大的事物，但該怎麼生活還是得怎麼生活。除了時刻環繞腦海中的承擔意識，除了轟轟烈烈

的衝鋒陷陣，英雄還是有人性化的、輕鬆的一面。即使毛澤東、北島、魏京生都一樣。至於他們成就的豐功偉業，也不全然只爲了造福天下百姓，對他們本身亦有莫大助益（像燧火的發明可以把鹿肉烤香一樣，利人利己）。

雖然江河沒有進一層深化這個題旨，讓它更能洩露英雄內心的另一種盤算，也許是爲了歷史的評價與地位，或者當下的權勢等等，隱含在偉大貢獻底下的私念。但我們可以輕易地循著此詩的敘述漸進，聽到英雄們暗暗撥弄算盤的聲音。江河認爲這是人民對英雄應有的最基本的認知，別把英雄過度完美化，或者封存在刻板印象當中。所以江河讓學者們奉爲圭臬的象形文字的小爪，活潑生動地爬滿樹身，吃了整整一夜愉快的雪花。

同樣抽去英雄元素的〈補天〉，就沒有上述詩篇深厚的文化或政治意涵。根據莊柔玉（僅一行半）的分析：「把女媧氏在征服自然災害中那種頑強的戰鬥精神，重塑爲一種追求美、寧謐、優雅、和諧的精神」（莊柔玉，1993：132）。江河的重塑比起原來的上古神話，顯得太過空靈：

　　那酣暢的霧氣始於神往
　　烏鴉蝕日，閃電咬嚙著樹木
　　夏天的洪水，赤裸的風暴
　　叢林燃燒，天空垂落
　　她如虹的手指輕揚滑過山腰
　　撫摸金黃的獸皮使白雲點點
　　她煉石柔韌生輝，波紋返照
　　太陽像溫馴的北鹿臥在莽原

之後她舒展如歌，鳥雀

群棲巉岩安詳地梳理羽毛

五彩繽紛地繡滿了黃昏　　（老木編，1985：156）

「補天」是女媧對人類世界最大的貢獻，可是我們在這裡讀到的不過是神態優雅、美感十足的女媧，她的女性特質喧賓奪主，成爲本詩的主調，遮蔽了「反英雄」策略的真正意圖；「天空垂落」等句的危機感，則完全被優美的意象淹沒。江河把這則神話煉得柔韌生輝，不禁令人納悶：那塊五色石究竟「反光」了些什麼？如果他只是想還原女媧應有的女性氣質，讓原本必須壯烈犧牲的補天一事變得輕鬆平常，以突顯她從容不迫的能耐，那這則「反光」則失去它預設的思想價值。不過，也因此讓我們能夠更清楚地看出江河的「反英雄」神話組詩，對上古神話進行「反光」的策略，及它的缺失。

　　從追日的夸父，到補天的女媧，江河皆力圖逆轉英雄原有的氣質，以超越我們的期待視野，接著造成思想的內在衝擊。江河對這一輯組詩的期望很大，強烈的企圖心固然促使他取得某些藝術技巧及文化視野上的突破，可是並非每一則神話都有被「反光」的潛能。我們可以從本身的組詩創作經驗，或者閱讀組詩的印象去推斷，江河爲了讓這輯組詩有充夠的分量，他至少也得寫十首以上，才能「陳列出」可觀的規模，才能壯起浩大的聲勢來吸引詩壇及學界的注意力。所以當他選擇〈開天〉、〈追日〉、〈射日〉、〈刑天〉、〈斫木〉、〈燧木〉、〈息壤〉之際，的確是有充夠的「再詮釋」之潛能，並且能灌注個人的主觀意識活動於其中（如本節所論及的幾首）；可是爲了圓滿湊足十二之數（中華民族最鍾愛的數字），不免會出現某些比較不宜用來執行「反光」的神話，〈補天〉便是其一，〈水祭〉、〈結緣〉、〈填海〉亦是

相當勉強的題材；至於〈移山〉雖然也是一次成功的「反光」，但它該算是一則「寓言」，最後還是被江河硬硬湊組進來。

無論是先天的「反光潛能」不足，或是後天的詮釋思慮不周，〈補天〉等四首詩無法成功執行江河的創作理念，已是不爭的事實。僅就神話的再詮釋這個角度來評價，此四詩在人物形象及情節之多元變化，敘事技巧及語言之表現方面，亦有令人激賞的創意。如果我們暫時避開江河的主要創作意圖不談，在〈補天〉一詩裡以柔弱勝剛強的女媧形象，確實令人耳目一新；整體的鋪敘亦能呈現一幅既空靈又寧靜的詩境，宛如一面安詳的湖水，有「魚群神游正在貼近湖面」（同上：157），此詩絕對算得上是一首不可多得的佳作。

總結以上的分析，我們對江河「反光」神話的意圖和策略已經有相當的掌握，亦可將之定位為一種文化／詩學意義重大的「反英雄書寫」。透過這種「反光」的方式，我們確能感受到江河的苦心孤詣，以及雄渾創造力的強烈衝擊，大致上已達到江河預設的閱讀效果。但這輯反英雄的現代神話組詩同時洩露了，這項宏大意圖背面的潛藏訊息——文化疲憊。

二、「反光」意識底層的文化疲憊

江河在一九八〇年第一期《詩探索》〈請聽聽我們的聲音——青年詩人筆談〉一文中如此表示：「人對自然的歷史，個人對社會的歷史，從來就是能動的歷史。並不是有了壓迫，才反抗。不屈，是人的天性。藝術家按照自己的意識和渴望塑造。他所建立的東西，自成一

個世界，與現實世界發生抗衡，又遙相呼應」（收入於璧華、楊零編，1984：149）

　　沒錯，一九八〇年的江河最能認同的文化精神就是「不屈」，他和其他朦朧詩人一樣立志於革新詩歌美學的偉大工程，他和楊煉皆營造了本身的文化史詩世界，並苦苦經營。我們必須注意到當他在構思反英雄神話組詩之際，整個政治和文化語境在急速改變，無形中對江河的文化承擔意識、語言風格、敘事視野產生影響。

　　雖然作爲有一定規模的「新詩實驗運動」，主要誕生在一九八四年以後，但早在一九八〇年代初期，已出現一些有異於新詩潮的詩作[4]，新生代的活動和創作開始成形，如「他們」、「海上詩群」等「詩歌群落」紛紛在全國各地出現（洪子誠、劉登翰著，1993：433-435）。新生代詩人逐漸消解了新詩潮詩歌的群體代言性質，拒絕崇高，他們不希望詩歌承擔社會與歷史的重量；所以他們慢慢離棄了對大歷史的書寫，卸去「一代人」的文化使命感和承擔意識，轉焦到小老百姓的現身情態，把大量的日常口語引入詩中，用世俗化的瑣屑來替代朦朧詩的崇高嚴峻。我們在他們的詩裡找不到英雄，讀不到歷史；只有正在呼吸的當下，只有庸俗的人物角色及其生活素描。用平實的詩歌藝術來表現「一個人」的生存境況，最後形成「後新詩潮」的美學標誌之一。

　　身處兩代詩人的詩學視野交替之際，江河在新生代努力建構著詩

---

[4] 韓東、徐敬亞等人早在一九八〇年就發表詩作，前者後來發表了「後朦朧詩」名篇〈有關大雁塔〉，消解了楊煉的史詩〈大雁塔〉；寫了一首〈中文系〉來嘲諷、挖苦中文系傳統弊病的李亞偉，則在一九八一年開始發表作品，陳東東和翟永明等人也是。

歌語言和美學的氛圍底下，必然對後者有所吸收，「反光」所採取的
策略不也就是另一種逆崇高的反英雄書寫？但江河仍然擁抱著民族
與歷史，就其宏大的文化承擔及史詩意識而言，他已成爲當時詩壇上
的前朝孤臣，而他卻毫不屈服的再度重拳出擊，以神話的「反光」組
詩。可是我們依舊可以從中讀到他不自覺的轉變，以及某程度的文化
疲憊。我們且從江河詩中的妥協態度，和組詩完成之後的新作，這兩
條路線進行論證。

　　爲何文本中的英雄與大自然力量要彼此和諧相處而不是抗爭到
底？很可能是江河潛意識裡的文化疲憊感，將他的創作思維導向較平
和的詩路。長期以來，他一直用詩歌去開天劈地，就像〈斫木〉一詩
裡的描述：

　　　　那被砍伐的就是他自己

　　　　他和樹像兩面鏡子對視

　　　　只有一去一回的斧聲

　　　　真實地哐哐作響

　　　　斷了又接上砍了又生長　　　（老木編，1985：165）

這是江河疲憊心境的一個最佳寫照，他奮力地書寫，企圖喚醒沉睡的
祖國，企圖重塑當代的民族精神；然而朦朧詩的社會功能似乎不如預
期中的理想，它的美學方向先天上已決定了它的命運。尤其在這麼一
個拒絕沉重的時代，苦心經營的詩篇投入膚淺的閱讀海洋，隨即淹沒
無蹤，漣漪平息之後一切又恢復原貌。那跟吳剛伐桂有什麼兩樣呢？
江河忍不住嘆息：「那個人也許是我也許是吳剛」（同上：165），在嘆
息中卻又流動著他那副「不屈」的氣概，繼續做他的吳剛。

　　很不幸的，無論是亢奮或疲憊的感受佔領了心房，都會形成連鎖

的骨牌效應，於是我們又在〈刑天〉一詩中看到他的疲憊：

> 他戰累了，躺在曠野休息
>
> 秋後的戰場並不太冷
>
> 他的頭葬在山裡，鷹毛覆蓋
>
> 光榮隨鷹背蒼茫遠去　　（同上：163）

英雄累倒在秋後肅殺的戰場，一如江河久戰的詩筆滿溢出倦怠的靈魂，當年所有的光輝隨著時間流逝和後來者迫不及待的篡位，不禁感受到自身的危急。這一切很快即被新生代詩人的鷹毛所覆蓋，他堅守多年的青銅歷史、史詩之斧，都會黯然退到新一代的詩歌舞台背後，成爲被後來者超越的指標、推倒的神像。反正：

> 他身邊的斧子、青銅的盾
>
> 蒙了水
>
> 以後的事，他設想
>
> 天上的月亮，很圓　　（同上：164）

是的，不如靜靜躺著，讓秋意裏起孤寂的頭顱，仰望新生代空穹的下一刻變化。江河的心境變化相當複雜，既有不屈之志，又有疲累之意，在〈移山〉一詩當中，倒映出他對自己長期以來，那股捨我其誰，「在英雄倒下來的地方，我起來歌唱祖國」（同上：106）的使命感，感到無比的疲憊；以致他在書寫這輯反英雄神話組詩的同時，一種拂袖而去的念頭不斷地湧現，英雄遲暮的感覺讓他筆下的愚公有濃厚落寞感：

> 他已面臨黃昏，他的腳印
>
> 形同落葉，積滿了山道
>
> 他如山的一生老樹林立

．．．．．．．．．．．．．．．．．．

> 他的話語像蠶絲微明鋪展
>
> 安靜得蟲鳴清晰，他說：
>
> 把山移走。面對親人們自言自語　　（同上：166-167）

第一行寫的正是江河所面臨的遲暮心境，儘管他的詩篇在當代詩史上佔據了應有的地位，儘管他的某些創作理念與技巧在少數幾位後來者的手中傳承下去；可惜的是時局變化太快，他胸臆中的宏大理想很難再引起眾人的共鳴，只好低聲自語：「把山移走」。「移山」確是一項浩大的工程，史詩創作又何嘗不是？可他已經失去愚公移山的號召力，只能把鴻圖展示在自己的稿本裡頭。

　　江河確實在告別他的史詩理想，雖然「誰也沒有察覺他是在告別」（同上：167）；但「他不可窮盡的欲望將於日後的早晨／俯瞰人如萬山滌蕩／洗淨煙雲坦露千年之謎」（同上：167），他相信未來的文學史家將會肯定他今天的創作成果，以及他重新詮釋古代神話的苦心。江河的文化疲憊裡仍舊保有那一股自信，和不甘心；以致他在創作這輯組詩的時候，不知不覺的融入許多個人的感受和體悟。所以我們無法同意諸如：「正因為英雄神祇充滿了必勝的力量，所以才能那樣從容不迫，平靜而莊嚴」（肖馳，1986：263）；或者：「他把目光投向古老的文化傳統，詩變得平和、寧靜、輕鬆而淡漠」（金漢等編，1993：384）等平面的說法。前者的「必勝論」只局部適用於原來的上古神話，後者對江河語言風格變化的解釋完全不具說服力。隱藏在這股平靜和輕鬆的敘述背面，是一種不自覺的文化疲憊。這是許多詩評家忽略掉的真象。

　　要是我們進一步檢視江河在《太陽和他的反光》組詩之後的詩

作，即可發現有力的佐證。例如〈接觸〉（1985），就徹底的卸去所有的文化包袱，快快樂樂的寫一首平實的「生活流」詩歌：

> 說些近的吧
>
> 談點身邊的事
>
> 只要屋子足夠大
>
> 兩個人坐得遠遠的
>
> 聲音毛茸茸擦過
>
> 蜜蜂的腳　（江河等著，1986：112）

這已不再是朦朧詩或反英雄神話組詩時期的語言風格，它的基調屬於「後朦朧詩」，他更為徹底的「反英雄」連英雄的人物形象與本身的英雄氣概都不見了，在我們眼前展示的是平民意識，以「反意象」的敘述來書寫個人或市井小民的生活稗史。同年的另一首〈交談〉（1985）是江河為自己的三十六歲生日而寫首詩，在深夜自己跟自己傾談：

> 你過去的事不那麼重要了
>
> 想你的人關心你這時在哪
>
> 你要是在個好地方
>
> 也讓他們高興
>
>
> 告訴他們你在過生日
>
> 你停在一個平靜的灣流裡　（江河等著，1986：126）

過去種種為當代詩歌美學所做的革新，從史詩到反英雄神話組詩的開創等事蹟，既勞了神，又累了心。現在的江河總算可以「停在一個平靜的灣流裡」，獲得他最需要的休息。

　　在〈創造之夜〉（1986）一詩裡，江河再度提及今日的他應該如
何去看待以前種種風起雲湧的大事：

　　雨過天青

　　你飄忽得無影無蹤

　　你吐出的核　那個太陽

　　屬於你還是別人

　　已無關重要了　　（江河等著，1986：135）

這裡的「太陽」可以視爲《太陽和他的反光》組詩的隱喻，再廣義的
詮釋就得包含他寫過的所有史詩格局的詩篇。江河曾經嘔心瀝血地創
作，雖然重要的詩評家及撰寫當代文學史的學者都給於莫大的肯定，
然而在後新詩潮的嶄新文化語境當中，整個大時代的閱讀風尙正朝向
朦朧詩的反方向前進，他也不去期待能產生什麼樣的影響，因爲一切
「已無關重要了」。

　　在上述三首詩裡，我們彷彿遇到一位功成身退的老詩人，他剛卸
下負荷多年的詩歌／文化重擔，心境從極度疲憊過渡到極度輕鬆，一
切都不想回首，只因爲太沉重。論述至此，我們獲得一個結論：江河
潛意識裡的文化疲憊，是構成他詩風蛻變的最大潛伏因子，也是「反
光」裡深藏不露的意識光譜，它具有決定性的分析價值。

小　結

　　本文的論述從兩翼展開，直接切入詩歌文本及當代的政治、文
化、詩學語境之中，並借助各家評論的觀點作正反面的辯證與推衍，

首先處理了江河的「反光」意圖及策略，再進一步論證「反光」裡隱藏的文化疲憊，以及它對江河詩風蛻變的影響。雖然尚不足以涵蓋江河整體的詩風之演變，及語言技巧的躍進；但《太陽和他的反光》所蘊含的訊息，卻可以讓我們同時讀出：前期詩歌裡的文化承擔及史詩意識、中期（即指《太陽和他的反光》）的詩風蛻變過程及其潛意識裡的文化疲憊、後期詩歌裡種種形近後朦朧詩的平實語言趨向。如果我們把這輯組詩置入新詩潮與後新詩潮風雲交際的關鍵時期，在某個程度而言，它就是一個縮影，從創作意圖到心理因素，多層次的紀錄了朦朧詩人的困境、掙扎和轉變。這兩點，就是本文選擇這輯「反英雄」神話組詩的主因，當然也是它本身的文學（史）價值之所在。

【參引書目】：

上海文藝出版社編（1986），《探索詩集》，上海：上海文藝出版社。

江　河、北　島、舒　婷、楊　煉、顧　城合著（1986），《五人詩選》，
　　　　北京：作家出版社。

老　木編（1985），《新詩潮詩集》，北京：北京大學出版社。

宋耀良（1988），《十年文學主潮》，上海：上海文藝出版社。

肖　馳（1986），《中國詩歌美學》，北京：北京大學出版社。

周　寧（1996），《幻想與真實——從文學批評到文化批評》，北京：
　　　　中國工人出版社。

金　漢、馮雲青、李新宇主編（1993），《新編中國當代文學發展史》，

杭州：杭州大學出版社。

洪子誠、劉登翰著（1993），《中國當代新詩史》，北京：人民文學出
版社。

徐敬亞、孟　浪、曹長青、呂貴品編（1988），《中國現代主義詩群大
觀（1986-1988）》，上海：同濟大學出版社。

張德厚著（1995），《新時期詩歌美學考察》，北京：北京大學出版社。

莊柔玉（1993），《中國當代朦朧詩研究──從困境到求索》，台北：
大安出版社。

舒　婷等著（1988），《朦朧詩選》，台北：新地出版社。

璧　華、楊　零編（1984），《崛起的詩群──中國當代朦朧詩與詩論
選集》，香港：當代文學研究社。

歷史的想像與還原

——關於大雁塔的兩種書寫態度

序、一座大雁塔，兩個詩人

大雁塔，興建於唐高宗永徽四年，座落在陝西省西安市慈恩寺內，當年玄奘曾藏梵文佛經於此，現在列為重點文物保護單位，也是著名的旅遊勝地。

楊煉（1955-），新詩潮詩人當中最具備史詩創作能力的一位。他以大氣磅礡的詩筆著稱，在消逝的歷史空間裡重構原有的文化色澤，再透過某個程度的形上思考，展現他的歷史視野和文化承擔的意識。這一座高矗在陝西歷史地平線上的大雁塔，在詩人筆下風湧雲動起來，讓龐沛的歷史想像有足夠的氣勢展翅而飛，於是我們讀到一首長達二二四行的〈大雁塔〉(1981)。它是楊煉日後許多古文化史詩的濫觴，譬如陝西的半坡文化，甘肅的敦煌石窟，都先後被他寫進大規模的文化史詩《禮魂》（1985）裡去。

韓東（1961-），後新詩潮詩人當中最具有開創性的一位。他用當代的平民視野重新把玩大雁塔，削平了楊煉附加上去的種種文化價

值，在歷史的斷層上再次解讀了大雁塔的內涵。〈有關大雁塔〉（1983）對其前文本〈大雁塔〉進行的解構動作，暴露了不同世代的美學差異，我們甚至可以將之視爲朦朧詩與後朦朧詩之間的一次「對決」。對決在雁塔之顛，在八〇年代詩史的最前線。

　　本文將從文化語境的上空，鳥瞰這一座大雁塔在兩個詩人的詮釋下，如何／爲何出現迥然不同的面貌，並進一步顯微此一個案的象徵意義。

一、一場盛大的歷史「想像」

　　沙特（Jean-Paul Sartre, 1905-1980）的存在主義在一九七六年正式被介紹到大陸文學界，引發一股沙特熱潮。存在主義對「自我」（ego）的尋索，解開了新詩潮的思維枷鎖。於是有個人情感與主體意識的「自我」，在朦朧詩裡甦醒過來。正如王小妮所言：「現在詩中可以寫『自我』了，這是一個多大的進步啊！」（璧華、楊零編，1984：144）。然而，當新詩潮詩人在抒寫「小我」的心理和情緒時，卻不自覺地融入整個大時代的人性問題，企圖成爲時代的代言人，替無數失去自我的人民發聲。所以文本中那個鮮明的「自我」，傾向於呈現「一代人」對自我價值從失落到尋覓的心靈歷程。

　　儘管北島在〈宣告〉一詩中明白表示：「我並不是英雄／在沒有英雄的年代裡／我只想做一個人」（老木編，1985：13），但新詩潮詩群往往站在英雄的位置上發言，站在當代詩歌藝術最前衛的探索點，爲了整個詩史下一刻的進展而努力。他們的熱情與理想促成了語言藝

術的貴族化、情操理念的崇高化傾向。所以就其扮演的角色而言，新
詩潮詩群確實是當代詩歌的英雄。也只有英雄才能承擔「一代人」的
存在重量，所以他「決不跪在地上／以顯出劊子手們的高大／好阻擋
自由的風」（同上：13）

　　楊煉在史詩創作上表露的意圖，更加說明這種承擔意識。他表現
了一種以自我的存在價值來審視民族歷史的努力，而英雄姿態既是其
史詩的基本特徵。他立足於「後文革時代」的回顧點，深切地感受到
整個民族經歷的苦難，不禁產生愴然而涕下的家國悲情，進而企圖從
歷史時空的重塑當中，去追尋前景，去探討問題。大寫的「我」於是
成為英雄的化身，透過史詩來解讀一代人的生存困境。

　　面對這麼一個龐大且蒼老的中國，楊煉的史詩幾乎處處皆可下
手：「在中國，隨手可觸的一切都與歷史緊密相連。或者說，永遠處
在一種纏繞的時間狀態之中。昨天和今天，不分彼此地滲透成一片。
歷史就是現實，而現實又夢幻般地轉瞬加入歷史」（楊煉：1986/08：
72）。是的，在這裡歷史與現實之間並沒有截然的區隔，每一吋土地
都是時間的化石，層積著史籍上的種種事蹟。西安的大雁塔就觸動了
楊煉最初的史詩創作意念，讓他義不容辭的站到英雄的高崗上，鳥瞰
自己立足的時代。

　　〈大雁塔〉一詩共分【位置】、【遙遠的童話】、【痛苦】、【民族的
悲劇】、【思想者】等五節。每一節都是一個完整自足的意義單元，五
節環扣於一，則構成這首組詩的解釋系統。這首詩的情緒流程在大雁
塔的歷史位置上啟動，於是我們聽到大雁塔在第一節【位置】上如此
自述與定位：

　　　已經千年

在中國
古老的都城
我像一個人那樣站立著
…………………

我被固定在這裡
山峰似的一動不動
墓碑似的一動不動
記錄下民族的痛苦和生命　　（老木編，1985：283）

楊煉將主體情感融入客體景物（大雁塔）當中，以敘述主體爲中心，
觀照充滿苦痛的歷史時空。作者主觀心理對現實事物的投射，加上濃
烈情感的浸泡，主客體於是融合成一幅具體的心理圖象。楊煉把大雁
塔形塑成民族歷史的墓碑，紀錄著數不盡的苦難與厄運。因爲「被固
定」，所以面對不斷變遷不斷流動的歷史，大雁塔只能當一位無從插
手的記述者；在這裡回顧著過去的楊煉，豈不是更無力！「遲到」的
他被固定在無數年代以後的今天，除了用詩來複述過去的苦難，又能
挽回些什麼？所有可能出現過的盛世都遙不可及，像那美好的童話永
遠逝去……。

　　在第二節【遙遠的童話】裡，楊煉把敘述時空推溯到大雁塔建造
的初期，一個令人陶醉、令人緬懷的短暫盛世：

我該怎樣為無數明媚的記憶歡笑
金子的光輝、玉石的光輝、絲綢一樣柔軟的光輝
照耀我的誕生
…………………

許許多多廟堂、輝煌的鐘聲在我耳畔長鳴

　　我的身影拂過原野和山巒、河流和春天

　　在祖先居住的穹廬，撒下

　　星星點點翡翠似的城市和村莊　　（同上：283-284）

其實眼前的只是一座磚瓦砌成的古塔，一雙孤立在歷史文本之外的瞳
孔，只能忠實的解讀出古塔的硬體形象，而不是令人動容的千年身
世。在這裡楊煉運用的不是歷史，而是對大唐帝國的文化想像（如同
儒家學者對三王五帝之世所作的完美文化想像），再把它濃縮、挪用
到大雁塔上面，成為它的血肉和肌理。主動的歷史／文化「想像」，
是本詩藉以存在的書寫策略。其實楊煉真正的目的在於向我們暗示：
在中國曾經有過這麼一個盛世，然而這一切早已盪然無存，曾經存在
的盛世讓接踵而來的苦難更為沉重、沉痛。

　　朗占納斯（Longinus）曾指出構成雄渾（the sublime）的兩大與
生俱來的條件是：「形成偉大觀念的能力」（power of forming great
conception）和「熾烈且具有靈感的情感」（vehement and inspired
passion）。楊煉表現出來的史詩視野與抱負，以及詩裡行間飽和著的
悲壯情感，正是朗氏所言的兩大條件。所以當他凝視大雁塔的時候，
其思維格局便從它的充滿悲劇色彩的歷史命運中鋪展開來，隨即轉進
千年以前的大唐盛世；其熾烈的情感活動，在第一節的短句中壓抑於
咽喉，在第二節的長句裡以丹田發聲。二者的融合，即開啟了雄渾不
已的歷史想像和格局。

　　歷史的內容沒有限量，允許詩人想像力的無窮拓荒。於是楊煉為
筆下的大雁塔，添加了許多悲壯的情感內涵。在第三節【痛苦】裡頭，
我們目睹楊煉如何重建大雁塔的靈魂，如何將本身的情感與視野，源
源不絕地灌注到敘述主體裡去：

漫長的歲月裡

我像一個人那樣站立著

像成千上萬被鞭子驅使的農民中的一個

畜生似的，被牽到這北方來的士卒中的一個

．．．．．．．．．．．．．．．．．．

我的命運啊、你哭泣吧！你流血吧

我像一個人那樣站立著

卻不能像一個人那樣生活

連影子都不屬於自己　　（同上：285-286）

究竟我們讀到是大雁塔？還是一個被文革嚴重扭曲的靈魂，楊煉本身
的靈魂？上引的前四行是主體對大歷史的觀照，所有的苦難向大雁塔
的歷史位置靠攏過來，聚集成巨大的悲慟。但後四行卻是一個更大的
悲劇——活著，但失去自我意識，連影子都不屬於自己，沉落在文革
局勢裡的它／他，只能無奈的佇立，不能有所作為，眼睜睜看著民族
悲劇與苦難接踵地發生，歷史就在身邊反覆流轉，一次又一次的重
演。這是對於整個民族的存在思考，同時也表露了個人的存在境況，
這個時代裡的知識分子，跟大雁塔的處境又有什麼兩樣？

　　楊煉內心強大的文化承擔意識，讓他感受到過去及當代人民多厄
的命運，當他面對大雁塔的時候，很自然的把內心的感觸投射上去，
站在英雄的位置上拓寬、拉高「一代人」視野。在第四節【民族的悲
劇】，楊煉多角度的陳述著一次又一次，千年不止的戰火如何摧殘生
靈：

像密林裡衝出的野獸

像荒原上噴吐的烈火

　　一排又一排不肯屈服的山脈、雄壯地

　　朝天空顯示紫色的胸膛

　　在頭顱被砍去的地方，江河

　　更加瘋湧地洶狂

　　…………

　　塗滿鮮血的戰鼓、漲飽力量的戰鼓

　　用風暴和海洋的節奏

　　搖撼一座座石牆和古堡　　（同上：287）

激烈的情感與崇高的辭彙（noble diction），在意象宏壯、大氣磅礴的
敘述中，構成一股充滿壓迫感，令人屏息的強勁語勢，這是楊煉史詩
中最具特色的「動力雄渾」（the dynamically sublime），任何讀者都能
明顯感受他那股宏大的精神與氣魄。不過這種動力雄渾並非只有高揚
的表現，在第五節【思想者】轉變成一種低緩的沉積，如火山緩緩流
瀉之熔岩。詩筆運行至此，人塔之間已沒有界線，我們聽到一個充滿
無力感與自責的靈魂在低聲嘆息：

　　我被自己所鑄造的牢籠禁錮著

　　幾千年的歷史，沉重地壓在肩上

　　沉重得像一塊鉛，我的靈魂

　　在有毒的寂寞中枯萎

　　………………

　　我感到羞愧

　　面對這無邊無際的金黃色土地

　　面對每天親吻我的太陽　　（同上：289-290）

從過去到當下，楊煉和每一位新詩潮的朦朧詩人一樣，在當代政治及

文化的高空，鳥瞰著歷史變遷的軌跡，同時也向每一個當代人揭示民族的苦難與悲劇。但身為一位詩人，楊煉只能透過宏大題材的書寫，來召喚一代人的精神意識，他不具有扭轉乾坤的力量，所以一首〈大雁塔〉讀下來，我們更能感受到他心中的無奈，他儼然就是自己筆下的那座孤塔，見證了歷史，也洞悉了歷史，卻無從阻止悲劇的一再發生。感到羞愧不僅僅是「我」（大雁塔／楊煉），而是這一代人。

這首〈大雁塔〉長達二二四行的巨幅，即是一次沉重且吃力的書寫／閱讀過程；其修辭策略偏向崇高化與貴族化，具有高度的思想性、藝術性和意象經營的斑斑斧跡。除了楊煉本身的氣度（「形成偉大觀念的能力」）和情感（「熾烈且具有靈感的情感」）使然，新詩潮的文化語境亦是一個重要的因素。

這是新詩潮時期常見的龐大主題，具有形上的思考與批判，也有具體的當代政治語境的控訴。楊煉以雄渾的語勢展開繁複且磅礡的歷史想像，將大雁塔提升到象徵的地位，然後透過塔的視野來發言。為一代人發言，是朦朧詩人最重要的一個創作意識；以情感為主導力量的史詩創作，更是楊煉及江河等重要朦朧詩人的創作主力。所以在先天格局和格調上，朦朧詩本就盤踞在思想的高海拔處，自許為時代的代言人、英雄的化身。

朦朧詩固然因應時代心靈的渴望而產生，但過度自我中心化的結果，卻讓詩成為表現的工具，自我封閉在一個虛妄的高度上，與現實世界失去原有的對應。這種貴族化的格調，當然導致它跟當代的讀者漸行漸遠。另一方面，八〇年代第一順位的關注焦點，已不再是政治語境的革變，或者新詩潮時期高倡的自我意識之甦醒，廣大群眾關心的是經濟與生活品質的提升，對資本主義社會的暗暗渴望。高昂的詩

歌革命意志逐年降溫，朦朧詩的諸多美學訴求與特色早已成為一般讀者的閱讀障礙。在後來者眼中已晉級為「前驅詩人」的楊煉，其〈大雁塔〉竟然淪為後新詩潮美學反叛的第一個據點。

二、在驟變的語境中「還原」

　　相對於新詩潮的歷史文化包袱，後新詩潮表現出反英雄、反文化的姿態。對後新詩潮這群沒有在思想上體驗過文革災害的新生代而言，「歷史」只是泛黃照片裡的舊影像、卷宗裡的文字紀錄，沒有切身的利害關係；於是他們告別了大歷史，將思維從新詩潮的詩史層次降下來，冷卻了詩歌的革命激情，回到平民的生活視野。

　　此外，朦朧詩對後來者產生強大的「影響的焦慮」，尤其意識形態對當代詩歌語言和技巧的滲透，令新生代詩人的創作活動陷入美學的窠臼當中。為了本身詩歌的自主與生存，他們不得不與前驅詩人決裂。從詩史的角度而言，這是一次嚴重的文化斷裂（incoherence），也是新生代詩群的美學變革。

　　後新詩潮的後朦朧詩人消隱了自我、拒絕了深度，而趨向平面感的書寫；在文化思潮的斷層上戲擬、調侃、消解宏大的歷史題材，同時又將詩的經營焦點轉移到詩歌語言上面，讓詩的語言符號停留在基本所指義上，不再由此延伸出更多的所指義。他們將粗俗不雅可卻是最為真實的小市民生活情態寫進詩裡，企圖洗去朦朧詩的文化貴族色彩，還以市井小民之原色；而詩的自然語感，亦能更忠實地呈現生命的本然狀態。在他們的詩裡當然沒有英雄、沒有歷史，只有當下、只

有庸俗的人物角色及其生活素描，所以他們需要平實的日常口語來操作這些平實的題材。

從英雄到反英雄，從貴族化到平民化的書寫策略，是當代中國詩歌語境的驟變，就在這短短的三兩年內。最顯著的例子便是楊煉的〈大雁塔〉（1981）和韓東的〈有關大雁塔〉（1983）二者所呈現的互文性與美學對照。楊煉在「大雁塔」這個文化符號上附加了沉重的價值，以及繁複的歷史想像；可是在韓東眼裡，大雁塔只是一座歷史的遺跡，更準確的說法是——它只是一座陳舊的建築物，在視覺裡它只具備硬體層次的價值與意義。至於大雁塔的諸多歷史背景，並非肉眼所能看出來的，所以韓東一開始就穿透了楊煉附加上去的文化符碼，將大雁塔停置在它基本所指的古塔意義上，不作任何非現實的文化延伸，進而暴露〈大雁塔〉一詩的想像性和虛妄性，並「還原」它的真實／本來面目：

> 有關大雁塔
>
> 我們又能知道些什麼
>
> 有很多人從遠方趕來
>
> 為了爬上去
>
> 做一次英雄
>
> 也有的還來做第二次
>
> 或者更多　　（老木編，1985：575-576）

對一般老百姓或者旅客而言，沒有足夠的情感與知識將大雁塔膨脹成一個象徵。非但如此，他們對大雁塔的仰慕偏向於旅客對名勝之仰慕，沒有誰會像楊煉那般沉思冥想。他們不知所謂的從遠方趕來，就為了爬上去做一次英雄（似乎也在影射／調侃楊煉大老遠從北京來

此，以英雄的姿態寫了〈大雁塔〉一詩）；這是窮極無聊的行徑，將大雁塔從楊煉賦予思想高度拉下來，變得盲目且空洞。

我們不禁要重新省視所謂的歷史，「通常我們最驕傲的就是歷史，而中國數千年的歷史果真值得驕傲嗎？歷史的意義在於它的現實價值，從現實的角度反思歷史，歷史便構成一個共時性的文化視野」（周寧，1986：152）。對一般人民而言，「歷史」一詞也許只代表時間的久遠，以及相等於古董的價值，並不能啓動他們的形上思維。也許「觀光視野」才是真正的當代文化視野，一如韓東所描述的。

此外，我們也發現這兩首詩之間有巨大的語言差異。〈大雁塔〉的語言著重於氣勢，以及繁複的意象，長句裡處處隱喻，歷史場景的經營用的是高度文學性的辭彙；而〈有關大雁塔〉卻相反，不但詩句簡短，連視野都矮化在一般平民的高度與狹窄度，楊煉看到（想像）的一切韓東都故意看不到，更不去思考，而且語氣中流露出一股不以爲然的態度。完全口語化的行文，加上絕對平庸的視野，韓東比楊煉更貼近當代平民的心態與認知，當然也更爲赤裸。於是我們看到：

那些不得意的人們
那些發福的人們
統統爬上去
做一做英雄
然後下來
走進這條大街
轉眼不見了
也有有種的往下跳
在台階上開了一朵紅花

　　那就真的成了英雄

　　當代英雄　　（老木編，1985：576）

韓東為了消解意義而導向拒絕崇高，把平凡／平庸的視野引入詩中，
用世俗的瑣屑以替代新詩潮的崇高嚴峻。而他首先削平了所有人為賦
予的象徵意義，將大雁塔徹底「還原」成一座供觀光的古建築物；然
後進一步用詼諧的口吻消解了英雄的角色意義。在這裡，英雄變得十
分廉價而且可笑，只要爬上去的即是英雄，然後沒有任何作為的消失
在街尾。再不然，就從塔上往下跳，那就成了當代的英雄（成為社會
新聞的那種英雄）。就在這個非歷史的當下，韓東重新體驗、檢視歷
史對當代人民的真正價值：

　　有關大雁塔

　　我們又能知道些什麼

　　我們爬上去

　　看看四周的風景

　　然後再下來　　（同上：576）

是的，就只有風景。「四周的風景」是每一位爬上去當英雄的旅客，
共同的眺望對象與結果。「看看四周的風景／然後再下來」──這個
極其簡單的動作，可延伸出許多議題。其一：韓東藉此指出當代人民
毫無深度可言的，卻又是最普遍、最庸俗的文化視野；其二：他創盡
人為附加的歷史價值，還原了大雁塔的現實意義，它只是一座可供遠
眺的名勝古塔；其三：這種對待歷史／文化的態度，正是後新詩潮詩
人的共同態度，他們不再去穿鑿附會、去主動承擔、去當英雄或代言
人，所有的歷史遺跡都放到現實生活的層面來看待。

　　這首詩僅僅寫了二十三行，正因為大雁塔的現實意義只有那麼一

丁點；韓東的筆爬上去，寫寫往來的英雄，然後再下來。這首詩針對
楊煉二百二十四行的〈大雁塔〉而寫，兩相比對，我們可以很明確地
讀出，韓東以平實的小市民視野和「前文化思維」，消解了楊煉賦予
大雁塔的所有痛苦與悲劇、文化重量及歷史意義的回顧與遠眺，大雁
塔的崇高象徵被刻意平民化的敘述視角削平了。

　　韓東和其他後朦朧詩人一樣，都放棄了對大歷史的書寫、卸去「一
代人」的文化使命感和承擔意識，他們轉焦到小老百姓的現身情態，
想用詩來表現「一個人」的生存境況。就是以這種調侃的語調，韓東
逼真地寫出了生活中大量存在的普通人平庸的行為模式。而他的消隱
自我、反文化姿態、懷疑精神和價值削平的手段，是後朦朧詩的共同
特徵。

　　正如周寧所言：過去的理想和信念一時成了疑問。新時期初期詩
人們那種滲透著人本思想的理想也不見了，新一代從什麼都不相信到
什麼都不等待。過去，人們為理想而忍受現實，如今相反，人們卻為
現實而取捨理想。甚至完全放棄理想而做狹隘的世俗經營（周寧，
1986：151）。

　　對於大雁塔，舊的理解已成為過去，詩人韓東放逐了一切具有深
度的確定性，走向精神的荒漠與不確定性的平面。他的解讀態度，在
往後幾年的詩史發展進程當中，成為一個典型。

小結、兩個詩人，兩座大雁塔

　　徐敬亞曾經對新詩潮及後新詩潮的特質作了這等闡釋：歷史決定

了朦朧詩的批判意識和英雄主義傾向，當社會的整體式精神高潮消退，它就離普通中國人的實際生存越來越遠。「反英雄化」是對包括英雄（人造上帝）在內的上帝體系的反動，是現代人自尊自重平民意識的上昇。至於崇高和莊嚴，就必須用非崇高和非莊嚴來否定——所以「反英雄」和「反意象」就成為後崛起詩群的兩大標誌（徐敬亞等編，1988：1-2）。

〈大雁塔〉和〈有關大雁塔〉二詩之間，確實存在著雅俗文學之間的美學／文化鴻溝。前者以熾烈的情感來驅動歷史的想像，苦苦經營了十倍於後者的格局與篇幅，充分顯現出朦朧詩人身為時代的代言人／英雄的角色，以及朦朧詩的美學原則。所以我們讀到一座歷史內涵極為豐富的，具有形上意義的大雁塔，幾乎可以視之為歷史命運的顯微鏡，從中即能洞悉民族悲劇的軌跡。

後者正好相反，韓東表現了後朦朧詩人對於精緻藝術的嫌惡，他認為新詩潮在語言經營上的貴族傾向，尤其對於意象的刻意追求，大大違背了當代人民的文化視野。於是他放棄了意象的營構，以日常口語入詩，企圖以平易、自然、親切的口語承載生命的情感重量，或者赤裸地將生活經驗直接投射到歷史事物上面，突顯出當代視野與思考向度。所以我們讀到的是一座還原了本來面目的形下大雁塔，有絡繹不絕的庸俗旅客，不知所謂地爬上去張望，然後下來。

我們必須承認，韓東的詩風較能提煉出貼近生活的詩歌語言，也更具備當代漢語的氣格；其平民意識與日常口語交織而成的，不是虛擬想像的英雄史詩，而是血肉真實的「稗史」，屬於每個平民百姓，每個小寫的「我」——不再承擔任何文化使命的後朦朧詩人。

結果，我們讀到兩座迥然不同的大雁塔，在楊煉及韓東的筆下，

在文化語境驟變、兩個龐大詩潮交接的地方。

【引文書／篇目】：

王小妮〈請聽聽我們的聲音──青年詩人筆談〉，收入璧華、楊零編
　　　（1984），《崛起的詩群──中國當代朦朧詩與詩論選集》，香
　　　港：當代文學研究社，頁 144。
老木編選（1985），《新詩潮詩集》，北京：北京大學出版社，頁 13。
周　寧（1986），《幻想與真實──從文學批評到文化批評》，北京：
　　　中國工人出版社，頁 152。
徐敬亞〈歷史將收割一切〉，收入徐敬亞等編（1988），《中國現代主
　　　義詩群大觀》，上海：同濟大學出版社，頁 1-2。
楊　煉〈重合的孤獨〉，《讀書》1986 年 8 月號，頁 72。
Longinus. 1971. "On the Sublime." *Critical Theory Since Plato.* Ed.
　　　Hazard Adams. New York: Harcourt Brace Jovanovich.
　　　pp.76-102.

【卷 三】

馬華現代詩

街道的空間結構與意義鏈結

感官與思維的冷盤

蛹的橫切面

街道的空間結構與意義鏈結

——馬華現代詩的街道書寫

小序、一座都市的讀／寫角度

　　一座都市的天候及地理因素，無形中決定了住民的生活方式，也限制了產業的發展方向。再加上建築空間的規劃、資訊的發達程度等後天因素的影響，每一座都市很自然地發展出本身的住民性格，而住民性格又反過來主導都市的發展。以擁有四季變化的台北和終年暑熱的吉隆坡為例，除了天候之別，還有族群文化及從中衍生的政治意識等條件之巨大差異，這兩座都市的文化性格就不相同。這個差異能否在都市詩裡獲得印證，完全取決於詩人的創作策略、對該都市的感情，以及透視社會表象的能力。

　　通常我們面對一首都市詩的時候，必然著重於單一文本的美學分析，宏觀的亞洲都市詩視野，極可能因為無從比較而不存在。當這首詩安置在個人詩集中，我們唯有關注語言技巧和題旨方面的表現，或者進一步考證出某位強者詩人的陰影。若將它擺進亞洲中文現代詩的大區域裡，我們便發現它跟其他地區的都市詩相較之下，無可避免的

出現了同質性（互文性？），以及某些自然形成的獨特性[1]。前者可視
爲所有都市詩的共同元素，其中隱含了都市詩的某些創作成規、具有
高度普遍性的生存境況與精神本質之敘述；然而，後者卻是它作爲該
國都市詩的價値之所在。

　　且把焦點轉到馬華詩壇。近二十年來馬華現代詩深受台灣現代詩
的影響，已是不爭的事實[2]。我們不否定師法台灣的馬華都市詩，它
在語言及題旨方面的表現，確立了它作爲一首都市詩的「詩學」價值；
可它一旦置入馬華都市詩此一宏觀文本的版圖，「馬華」成分便成爲
另一個評價的準則。換言之，它能否深入探討本地都市的生活狀態，
或勾勒出本地都市的立體形貌，是很重要的評價基準。

　　我們不妨將馬華所有的都市詩拼貼成一張都市影像的照片，看看
究竟能判讀出什麼訊息？

　　作者的意圖與視野決定了影像的解析度，解析度的高低則決定了
閱讀的內容和品質。鳥瞰吉隆坡只能獲得概念性的理解，止於總體內
容的層面，只能滿足外行的讀者。我們實在無法從科幻化或未來化的
虛擬語境，去發掘吉隆坡的都市化程度與問題、人文質量和都市性
格；我們應當追求更細膩、更立體的書寫樣式，詩人必須對街道（生
活境況的展示場）、大樓（居住及工作空間）、商店（消費文化的據點）
作全方位的細部掃瞄，再透過時素與地素的錨定（anchoring），拼貼

---

[1] 這裡所謂的獨特性，包含了地域化的語言習慣，以及拼貼出當地都市形貌
　　與性格的描述。
[2] 尤其台灣都市詩對馬華六字輩及七字輩詩人，在訊息組織及意象運用方面
　　的影響，更是顯著。

出一幅相對逼真的「吉隆坡影像」[3]。

　　街道，正是上班動線和歸家動線的起點與終點，就都市空間的解讀程序而言，它理應是第一順位的分析對象。在亞洲中文現代詩裡，我們讀到三種截然不同的街道：第一種是消費文化及頹靡精神的載體和產物，多半是抽象的、概念化、典型化的街道，其中只有少數有特定的指稱，譬如：新加坡的烏節路、台北的忠孝東路和西門町商圈的道路；第二種是傳統文化在現代都市的遺址——從吉隆坡的茨廠街、馬尼拉的王彬街、曼谷的耀華力路、香港的廟街和雀仔街，到台北的迪化街和武昌街；有的以唐人街的形貌，有的以某種特殊的社會文化內涵存在著；第三種則是偏離／歧出都市主題之外的，屬於詩人與街道之間的對話，有較濃厚的隨筆色彩。

　　在筆者蒐集的近千首都市詩當中，被描寫次數最多、解析度最清晰、空間場景和街道的立面樣貌最完整的街道，首推吉隆坡的「茨廠街」。

　　此外，武吉冤登路、秋傑路、古晉路、安邦路、敦依斯邁路，以及許多不具名的街道，在馬華詩人筆下交織成一幅有血有肉的都市平面圖。每一條路的書寫意圖都不盡相同，它們像手術刀劃開的切口，讓我們得以深入了解吉隆坡的生活面貌，窺探諸位馬華詩人的都市情感和書寫策略。

　　本文討論對象以 1980-1999 年間，發表於馬華當地各種平面媒體、個人著作和選集中，有關街道書寫的詩篇為主[4]，不包含張貼在

---

[3] 「吉隆坡影像」不是筆者的主觀選擇，它是大部分詩人的具體描寫對象。

[4] 本文著重的是詩中的街道書寫片段，詩本身未必是以都市題材為摹寫對象

網路上的詩作。本文將沿著馬華現代詩裡的街道切入，以人文地理學
（human geography）的角度，就各種街道的「空間結構」（spatial
structure）[5]，展開三個層次的論述。

一、街道：典型化的存在空間

　　街道是建築語彙的一個源泉，它鏈結起每一棟建築及其功能，構
成一張巨大的生產／生活網絡。所以「建築沒有街道便不能存在，它
們互相確定對方的地位，爲對方服務」[6]。布賴恩‧哈頓（Bria Hatton）
認爲：「街道是人與物之間的中介：街道是交換、商品買賣的主要場
所，價值的變遷也產生在這裡。在街道上，主體與客體、觀看櫥窗者
和娼妓、精神空虛者和匆匆過路人、夢想與需求、自我克制與自我標
榜在不斷交替」[7]。換言之，街道不僅僅是一個表現性系統，它更把
日常生活中所有活動現象綜合起來，成爲生活戲劇的展示窗口，同時

　　的都市詩；必要時彈性納入 1978 與 1979 年發表的詩作一併處理。此外，
　　本文以全亞洲中文讀者爲對象，故所有馬華本地專有名詞或譯名，皆附加
　　說明。
[5]　「空間結構」原指空間在社會和（或）自然過程的運作與結果中，被組織
　　起來與嵌入的模式。本文將之調整爲空間在書寫過程中，被組織起來的模
　　式。參見 Johnston, Gregory & Smith ed. (1988), *The Dictionary of Human
　　Geography (2nd ed.)* Oxford: Basil Blackwell. pp.450-451.
[6]　見奈杰爾‧科茨（Nigel Coates）〈街道的形象〉，收入約翰‧沙克拉編，盧
　　杰與朱國勤譯（1998）：《超物論：一些現代主義以後的設計思考》，台北：
　　田園城市，頁：147。

也是消費文化的磁場。

　　所以用行人的尺度（而非鳥瞰）來觀察街道，是穿透都市現象直探其本質的最有效路徑。

　　亞洲中文現代詩對街道經常採取「普遍性／本質性？」的書寫策略，最常見的「街道＝河流／車河」譬喻系統，由「流動」、「阻塞」、「擁擠」、「魚群」、「煙」、「霓虹」、「喧嘩」等視覺、聽覺及感覺元素所構成，其中又以負值者居多。這是一種放諸四海皆準的街道書寫模式。很明顯的，街道這個「存在空間」（existential space）的負面發展，其實是受到詩人主體意向性（subjective intentionality）[8]的強力主導，構成一條淤塞的聲光河床，詩人之靈視乃垂危之魚目，吐出的魚語句句刻劃著地獄。

　　街道——這個存在空間可以說是受主體意向影響所形成的「景觀的傳記」。

　　馬華詩人唐林（1936-）站在〈街〉（1979）的中央，主體情感投入客體現象，主體意向朝著紛亂喧囂的視聽效果來編碼，高分貝且失序的空間符碼，正好印證了我們腦海中刻板的街道印象，尤其「順達升發，阿里沙林」等深具本土味道的店名招牌，就懸掛在敘事動線的兩側。於是我們「順暢」進入一首都市詩無比「阻塞」的內部：

　　那些喧嘩從這邊湧過去

　　又從那邊推過來

---

[7] 《超物論》，頁147。

[8] 「意向性」是意識的本質，它能將有自明性（self-evidence）的客觀事物呈現出來，而主體在過程中賦予客體意義，便是所謂的「意向化」（intentionalization）作用。

> ⋯⋯⋯⋯
>
> 吊掛了許許多多字與圖
>
> 順達升發，阿里沙林
>
> ⋯⋯⋯⋯
>
> 阻塞的街是沸騰的
>
> 羅里和巴士噴著黑煙
>
> 轎車吐著濁濁的廢氣
>
> 多元化的三字經處處泛濫[9]

每當我們到任何一個陌生的地方，眼睛在掃瞄複雜或不熟悉的景象時，視覺經驗裡的「影像清單」（image repertoire）立即浮現，將環境迅速歸類及簡化，並重新規劃身體前進或後退的路線。每讀一首都市詩，如同進入一座陌生的都市，我們自然啟動生活與閱讀經驗中的影像清單，去掃瞄（文本中）這條街。很不幸的，〈街〉中所有的影像都與清單吻合，毫無衝擊力，或衍生其他思慮的歧徑。沒錯，「即使是深沉深沉的夜／也褪不掉那太多太多的色彩」[10]，那太多太多的色彩即是都市現象最表層的膜，矇住了觀察者的眼睛和詩筆。

　　這了無新意的街道書寫手法暴露了一個問題：麻木。唐林的敘述語氣是麻木的，將日常目睹的現象平鋪直述，鋪成一條沒有驚訝感的街道，儘管它是那麼紛亂──濃妝的女郎和太監穿扮的男人，襯著畸形的廣告四處搖擺──但主體早已麻木的生活情感，被本身習以為常的現象化解了，字裡行間沒有活存的情緒，以及任何社會問題的誘

---

[9]　唐林（1995），《夜渡彭亨河》，雪蘭莪：烏魯冷岳興安會館，頁 66-67。

[10]　《夜渡彭亨河》，頁 67。

餌。於是我們在刻板的陳述公式中順利前進，如入無車之地。

　　「流動是空間與社會辯證關係裡的一個特殊層面。都市的空間移動與訊息流動實際上都沿著街道進行，⋯⋯流動是都市的基本『生命現象』」[11]，「阻塞」便成爲都市詩人最熱門的議題，也是最容易流於表象敘述的陷阱。龔偉成（1967-）的〈城市之死〉（1992±）[12]是一個將「阻塞」高度意象化的典型：

　　　　她吞了一條五彩巨蟒

　　　　就交通阻塞了

　　　　印弟安人熏起煙來求救

　　　　烏煙瘴氣在高壓之下流動

　　　　蛆蟲在體內游移

　　　　狂舞　　歡呼

　　　　於晚間亮滿了燈的慶典，[13]

龔偉成既然以「死亡」爲題，主體意向便選擇了陰性的「她」來界定都市的空間特質，同時賦予街道空間——阻塞則亡——無比脆弱的生命能耐。「五彩巨蟒」也是陰性的比喻，可惜牠在第一行完成比喻作用之後，沒有深一層的角色發展，讀者的注意力隨即轉移到「蛆蟲」上面。蛆蟲可視爲焦慮和慾望的混合體，在這個被移動所奴隷的都市空間裡，因速度減緩或阻滯而引發的焦慮，足以誘出種種失控的行

---

[11]　王志弘（1998），〈都市流動危機的論述與現實〉，《流動、空間與社會》，台北：田園城市，頁 109。

[12]　舉凡未註明定稿或發表年分的詩作，皆以著作出版年分爲準，另以「±」標誌辨別。

[13]　龔偉成等著（1992），《舊齒輪 No. 6》，吉隆坡：第六步詩坊，頁 96。

為，使歸家動線充滿變數[14]。雖然作者的本意——不能流動等於死亡——確實切中都市的基本生命現象，「亮滿了燈的慶典」卻是生機盎然的景象（儘管它可能是頹靡的）。這是作者構思的瑕疵，還是都市本身的矛盾？

葉明（1955-1995）在〈靜寂的聲音〉（1992）裡，刻劃了下午五點三十分下班時的塞車情況：

> 車子哽塞在城市的喉道裡
>
> 吞也吞不下，吐也吐不出
>
> 時間，就坐在速度錶上看我
>
> …………
>
> 時間，你就到郊外等我吧
>
> 等我挨過這截哮喘的心情
>
> 等我換過一副容顏才與你相見[15]

這首詩跟〈城市之死〉不一樣，阻塞的車陣是都市吞不下又吐不出的難題、駕駛人進退不得的困境。敘述者用坐以待斃的無奈口吻，跟滯留在速度錶上的時間對話，好像急的是時間而不是他。在另一首〈城市速寫・〔3〕塞車〉（1994±），他更明言：「一直想飛去的／不是那一群被困在車廂裡的眼睛／……／是一直站著旁觀的／整座城市」[16]。焦躁情感的嫁移，讓這條阻塞的街道充滿振翅而去的渴望。

---

[14] 在拙作〈感官與思維的冷盤——九〇年代馬華新詩裡的都市影像〉一文中，對此詩有更詳盡的詮釋。參《國文天地》152 期，1998/01，頁 72-73。
[15] 葉明、李宗舜合著（1995），《風的顏色》，吉隆坡：凡人創作坊，頁 83-84。
[16] 《風的顏色》，頁 115。

　　李宗舜（1954-）則用〈手掌〉（1981），替這條下班的車河增添
了疲憊的內容：

　　　　他撐起疲乏的腰身

　　　　從一天的工作站口中走出來

　　　　穿過街道像陷入湍急的流川

　　　　自上游向下游帶著沙石

　　　　一步十八翻的滾到深谷裡[17]

疲乏的腰身不因流川的湍急而得到舒緩，回家的路是另一程的跋涉。
於是車河有了相對深層的內容，帶著沙石的流動是一種沉重的流動，
因為所有的車輛裡坐著匆匆趕回家的疲憊腰身。名雖湍急，但文本中
的街道讀起來卻是遲滯的、沉甸的，沒有絲毫川流之感，也許是作者
本身生活境況不經意的投射結果。

　　街景的紛亂、受阻的急躁、脫困的渴望、疲累的精神，組成街道
在下班尖峰時段，最具體的感覺內容。

　　無論如何，當街道可以順暢流動時，我們即可讀到許多組構成「車
河」的意象叢，以及它的書寫模式。譬如龔偉成的〈在邊沿〉（1992±），
就很僵硬地眺望霓虹燈下的吉隆坡，看那車潮在夜裡如同「一道河流
來／流過繁華的心臟」[18]；唐林的〈都城行〉（1981）也是「一塊塊
招搖的繽紛七彩／照映著浮動川流的車河／……／長長的，交錯貫串
的街／面龐上有多少層變幻顏色？」[19]。這裡有兩個訊息值得注意：

---

[17]　《詩人的天空》，頁 82。

[18]　《舊齒輪 No. 6》，頁 90。

[19]　《夜渡彭亨河》，頁 108。

街道必然流經都市的繁華區，而那繽紛的光影即是夜晚的街道面龐。
他們的敘述重點都是止於現象面的「流動」和「光影」，紛亂與阻塞
的現象已不復見，都市因為能流動而重新展現它的消費活力。不過他
們的敘述卻又落入「車河」的窠臼當中。

張光前（1972-）的〈午夜驅車回家的路上〉（1993）描述的是更
深的夜晚：

> 累累的霓虹燈
>
> 是一排排
>
> 成果豐碩的緘默
>
> …………
>
> 而大道上奔馳的
>
> 冰涼、蒼白的悲愴
>
> 我指的是今晚的月光……[20]

霓虹燈幾乎可說是從不缺席的重要街景，夜深，它們當然也累了，緘
默地裝飾著街道空間。為何驅車回家的敘述者眼中，一路上盡是「冰
涼、蒼白的悲愴」的月光？張光前沒有交代悲愴的因由，短短十五行
的篇幅中找不到可以支援的意象或訊息。或許有人會這麼詮釋：當街
道卸去所有的繁華與喧囂之後，寂靜的街景便孤立起夜歸的路人，一
股空洞的孤寂滲透到主體意識裡，產生了莫名的悲愴。但此詩的語言
情感十分蒼白，入目的純屬視覺歷程的空洞符碼，無法轉換成心理歷
程的的悲愴感。這種「深夜街景」摹寫上的空洞的孤寂感，正是新生
代詩人作品中常見的——為賦新詞強說愁的書寫模式。

---

[20] 張光前（1999），《眼睛與星光的曖昧關係》，吉隆坡：千秋出版社，頁 57。

　　除了上述諸多負面的街道觀感，李宗舜的〈節日〉（1989）呈現
了截然不同的樣貌。同樣擠滿了人的車站、流動著車的大街，在過節
的詩人眼裡，感受到的是「車和人都在談戀愛」，他竟然說：

> 防撞杆貼著方向燈
> 親嘴，外套挨著肩膀
> 在磨擦火花，在追趕
> 一年復一年
> 回家過節的路[21]

這裡雖然沒有高明的技巧，但詩人內心真實的喜悅卻突破了街道書寫
的模式，整個情緒流程的敘述是輕快愉悅的，正因為語意明朗，街道
的空間意涵簡單且清晰，有一絲淡淡的詩趣。

　　上述所有的成規陋習以及模式化問題，其實只是主體與客體的互
動結果。存在空間是一種「部分空間」（partial space），它受到主體所
賦予的價值內容，經過主體意向的抉擇、編碼、造型，才得以存在。
而且它是經由主體的「參考情境」（situations of reference）的對照烘
托而產生。主客體之間維繫著緊密的互動關係，真實的存在境況規範
了創作意識，下筆投射出來的影像又回逆到規範的源頭。就都市詩作
者而言，主體的書寫習慣、創作信念、都市意識、情感反應都屬於參
考情境。所以一位長期拖著疲累的腰身，在下班時段受困於車陣，惟
有在夜晚能享受都市夜生活的詩人，街道的空間結構在其潛意識裡很
自然的區分成「日勞夜累（或夜縱）」的生活模式。一旦鎖定普遍意
義的街道下筆，潛在的共同經驗便成為先天的疆界，其內部雖有殊

---

[21] 李宗舜（1993），《詩人的天空》，吉隆坡：代理人文摘，頁102。

途，但終究同歸於一處。

　　從龔偉成、唐林、葉明、張光前，到李宗舜，我們目睹了空間結構如何受到主體意向的圈囿，因應不同的參考情境展開他們的敘述，並逐步逐步踏入固有的書寫窠臼當中。如果我們將之定義爲街道空間的本質性書寫，那麼突破性的創意就比探勘的深度值得重視，這類詩作畢竟是十分罕見的。

　　顯然普遍意義的街道很難開發出獨特的街道性格，更容易淪爲一條典型化的存在空間；看來只有時素與地素明確的街道，才能顯現出特定的文化性格。

二、造街運動：從茨廠街的感覺結構到地方感

　　從上一節的論述可以看出：諸位詩人對街道的普遍認識不免陷入「供車子流動的交通網絡」，其實「街道的功能和意義不止於『移動』和『一個經過的地方』，它基本上還是一個承載事物與活動的場所，是一個『停留』和『事物存在與發生的地方』。在一定的歷史社會脈絡裡，街道的形式（斷面樣式、附屬設備與兩側立面樣貌）、功能（移動、聯絡、承載、美化市容、展示權威、社會化……）與意義，都在各社會群體爲了不同原因，以不同方式生產、控制和使用街道的過程裡不斷變化」[22]。

---

[22] 王志弘（1998），〈都市流動危機的論述與現實〉，《流動、空間與社會》，台北：田園城市，頁 108。

　　街道並不等同於馬路，它包含了馬路上及其周邊所有的社會與經濟活動，兩側的建築構成街道的立面樣貌，商店的消費形態更決定了街道的性格。所以街道（street）不僅僅是一條馬路（road），在某些人眼中它是一個「地方／場所」（place）。「地方不僅僅是一個客體，它是某個主體的客體。它被每一個個體視爲一個意義、意向或感覺價值的中心；一個動人的，有感情附著的焦點；一個令人感到充滿意義的地方。段義孚（Tuan Yi-fu）、瑞夫（Edward Relph）及其他相關學者強調：經由人的住居，以及某地經常性活動的涉入；經由親密性及記憶的累積過程；經由意象、觀念及符號等等意義的給予；經由充滿意義的『真實的』經驗或動人事件；空間及其實質特徵於是被動員並轉形爲『地方』」[23]。

　　在馬華現代詩中，有名稱的街道大多能夠發掘出「地方」的角色意義。茨廠街即是一條以人物和店舖組織起文化面貌與性格的街道，強大的文化魅力使它在眾多詩人的筆下，顯現出獨特的「地方感」（sence of place），一種經由親身經驗、傳媒見聞、視覺意象建造而成的自主心靈之產物，雖然它在一定程度上仍然維繫著與歷史和社會的關係。

　　茨廠街（即八打靈路，Jalan Petaling）[24]，是一條歷史悠久的百年老街，是今日吉隆坡的地標之一。早在十九世紀中期，當時的吉隆

---

[23] 見艾蘭・普瑞德（Allan Pred）〈結構歷程和地方——地方感和感覺結構的形成過程〉，收入夏鑄九、王志弘編譯（1994）：《空間的文化形式與社會理論讀本》，台北：明文書局，頁86

[24] 如今則泛指附近幾條同質性的街道。由於這一帶書店林立，故有「書館街」之稱。

坡甲必丹（captain）葉亞來（1837-1885），在此開設了一間殖民地境
內規模最大的茨（薯）粉加工廠，此後當地華人便通稱它為茨廠街[25]。
歷經了一百多年的發展，許多地標性的店舖（如成記茶樓）紛紛從地
圖上消失，遺留下來的英殖民地時代的建築物，也因為掛上雜亂無章
的招牌而失去原有的風采[26]，再加上兩側流動攤販的林立，這條被旅
客稱為 China Town 的百貨老街，夾雜在高度現代化的吉隆坡市容
中，顯得格格不入。說不定就因為如此才保住它的文化性格。

　　不過一條街的文化性格恐怕得透過很多首詩的視野組合，方能拼
湊出應有的層次與面貌。

　　林金城（1963-）的九行短詩〈茨廠街〉（1985）用印象式的筆法
來刻劃茨廠街：

　　　　一疋刀光
　　　　往冷冰冰的古老建築
　　　　一　　　　　　切
　　　　扯開一夜
　　　　囂煩的燈潮

---

[25] 見〈路名簡史：茨廠街〉《中國報》，1998/01/15；〈葉亞來在茨廠街設廠〉
　　《星洲日報·副刊》第 2 版，1997/04/22。
[26] 在劉崇漢編著（1998），《吉隆坡甲必丹葉亞來》（吉隆坡：中華大會堂）
　　一書中，共有七張不同時期的茨廠街照片，從十九世紀末的人力車和牛
　　車時代（頁 12、164）；二十世紀初／中期的腳踏車和古董汽車時代（頁
　　174、174）；七〇、八〇及九〇年代末期的汽車時代（頁 125、126、164）。
　　其中六張無比珍貴的檔案照片，忠實地紀錄了這條街道的歷史變遷。

不斷追趕的霓虹

終世守著

一小框框的

天　　　地[27]

如果我們抽掉「古老建築」，這可以是任何一條入夜的街道，「囂煩」、「燈潮」、「霓虹」等詞彙只能蜻蜓點水，太簡陋的印象陳述根本守不住這一小框天地。作者非但沒有對茨廠街作深入的觀照與分析，在行文中亦沒有驅動主體情感，替古建築營造出老感覺，好讓我們結結實實地踏上茨廠街的暮年。結果我們只讀到扁平的聲光，讀不到立體的人蹤和街道。那我們又能在唐林的〈茨廠街的變調〉（1987）裡尋獲些什麼？此詩分三節，每節各十三行，相對於林金城的短詩，它所負載的訊息容量相當大，而且雜。首先作者把茨廠街定義為「這一條生活的河／翻著泡沫的悲傷和歡樂」，店裡廊上盡是不穩的生計；卻「有過多少眼睛尋覓／長長走廊上雜沓足跡／刻下的將近百年哀怨」[28]。作者在第一節前五行所營構的是店舖的走廊空間，宛如泡沫消逝的當下，與百年足跡刻下的哀怨在此糾纏，因為眼睛的尋覓而深化了走廊的歷史感。

　　經由歷史記憶和個人情感的累積，加上社會觀念所給予的價值與意義，一雙充滿認同與關懷的眼睛，遂將走廊由一個「空間」，轉變成「地方」，它是主體意向與感覺的價值中心。茨廠街不再是一條街，而是一個華族文化的根據地。所以一條走廊的尋覓還不足夠，作者補

---

[27] 林金城（1999），《假寐持續著》，吉隆坡：千秋，頁5。
[28] 《夜渡彭亨河》，頁159。

上這麼一段：

> 不是傳說的傳說，祖先們
>
> 用淚用汗用血，砌做牆壁
>
> 建造樓房，鋪平街道，讓
>
> 年年月月雕出斑斑駁駁
>
> …………
>
> 這一百七十間店舖
>
> 都在滔滔裡掙扎浮沉[29]

我們不需要懷疑或實地去確認「一百七十間店舖」的數目，重要的是它傳遞的訊息：這是一條長街，正因為街長所以累積了更多祖先們的血汗，如此綿延地橫在眼前，任那時間的錐子在建築與記憶的表面上銘下痕跡。歲月斑駁，這一百七十間店舖在現代都市的經濟形態底下，掙扎求存。茨廠街光輝的過去，對照著隨時可能成為過去式的茨廠街，作者心中浮現了他的憂慮。

唐林的憂慮還不止於此，對於茨廠街的角色定位，他提出辯解：

> 驀然誰自作聰明吶喊
>
> 唐人街唐人街唐人街
>
> 忘卻了這兒不是倫敦
>
> 不是巴黎不是三藩市
>
> 綿綿歲月，長長故事[30]

他認為茨廠街並非「唐人街」，因為這裡不是唐人移民的異邦（尤指

---

[29] 《夜渡彭亨河》，頁 159-160。

[30] 《夜渡彭亨河》，頁 159。

英語社會），華人文化是國家文化的一部分，茨廠街的存在價值不等
同於歐美唐人街的狀況。它背後有「綿綿歲月，長長故事」，祖先的
血汗落在地基裡滋長成根，茨廠街是馬來西亞社會文化的一部分。這
個辯解無意中將茨廠街置入整個社會涵構中，引出唐人街的文化問
題。文本中茨廠街的感覺結構（structure of feeling）形成之契機，在
唐林寫下「有過多少眼睛尋覓／長長走廊上雜沓足跡／刻下的將近百
年哀怨」，和提出唐人街的辯解之際。可惜他沒有充分描述茨廠街的
生活質感和文化內涵，也沒有交代反證的社會涵構，我們只能從「尋
覓」和「辯解」中讀出一些零散的訊息。

　　第二個契機出現在〈書館街死了〉（1989）。當這條街的幾家別具
意義的商店從吉隆坡地圖上消失，唐林便忍不住啟動詩筆，去追悼它
曾經擁有的風華。此詩遠比龔偉成的〈城市之死〉更接近都市之死亡：

　　消失了
　　孫科先生題的「麥庭森」
　　還有更湮遠的衣香鬢影
　　殘餘的三塊被丟棄招牌
　　寫著「勝昌茶室」、「源源」、「友駕駛學院」[31]

書館街死了！原有的生活和故事皆隨風而去，不管是誰悄悄翻過這一
頁歷史，我們都感受到一腔澎湃的感嘆驅策著唐林，在過於平鋪直敘
的陳述中，滿溢的情緒急急流經死去的街景。我們援引了五行，入目
的皆屬原來街景之殘骸──「麥庭森」、「勝昌茶室」、「源源」、「友駕
駛學院」，高度的記實性在閱讀進程中，產生歷歷在目的紀錄片效果；

------

[31]　《夜渡彭亨河》，頁161。

唐林一邊記述著它們的昔日餘輝,一邊感慨著此街「寂寞的僵臥在喧囂裡/陽光下沒有人理睬」[32]的命運。

　　然而太過急促的敘述,使得它的「死因」不明。這個死因不能光憑一句重覆了兩次的「僵臥在喧囂裡」,便草草敷衍過去。唐林必須在這個變革點上,論及其社會及商業因素,讓商店之「死」鏈結到客觀的社會涵構中。

　　我們回到關於茨廠街是否 China Town 的角色問題。許裕全(1972-)在〈一個K L詩人和他的詩生活·〔5〕逛茨廠街〉(1997)裡有不同的看法:

> 情慾的地圖
>
> 躺在十字路切割的四個角
>
> 折疊在旅人豐滿的口袋
>
> 一攤開,所有的嘶叫、吶喊
>
> 統統跑出來,捲著古老的舌告訴你:
>
> This is China Town[33]

「情慾」的消費空間,是許裕全對茨廠街的構圖方向。此詩流露的地方感,導源於熟悉的知識、周遭環境的整體經驗,以及長久以來經由聽覺、嗅覺、味覺、觸覺所強化的主體與地方的關聯性[34];這種得知的過程中,欠缺歷史與情感的累積,所以詩人以冷眼下筆。文本中呈

---

[32] 《夜渡彭亨河》,頁 162。

[33] 《星洲日報·文藝春秋》,1997/07/13。

[34] 這是段義孚(Tuan, Yi-Fu)對地方感導因的局部看法,參艾蘭·普瑞德(Allan Pred)〈結構歷程和地方——地方感和感覺結構的形成過程〉,頁 86-87。

現的是旅人與老闆之間的買賣行為,「China Town」是這種次文化消
費的成立因素,更是這條老街的存在價值。「古老的舌」忙著矮化當
地華人的文化地位,以利販售那種經過偽裝的異國情調。不幸的是:
他們在販售廉價的物資同時,這種行為「造就」了茨廠街無比廉價的
文化質感:

> 如果廉價,只能
>
> 像寂寞一樣背著陽光鎖在
>
> 暗房裡腌漬發酵
>
> 那麼除卻披著寂寞糖衣的人後
>
> 茨廠街,將
>
> 一無所有[35]

作者認為茨廠街喧囂的表現底下,是空洞的寂寞,只能鎖在慾望的暗
處腌漬發酵。相較於唐林那套「非唐人街」的觀點分析,許裕全狠狠
揭露了茨廠街的消費文化之本質。另一位年輕詩人周若鵬(1974-)
則呼應/繼承了唐林的觀點,〈茨廠街不是 China Town〉(1998)作
了一番邏輯推演。可惜那種過於情緒性的語言,削去理應存在的思辯
味道,於是我們聽到作者如此單調地辯駁著:

> 他們用中文字塊
>
> 在紐約在多倫多在悉尼
>
> 建築黑髮黃膚的孤堡
>
> 走入 China Town,就走出紐約走出多倫多走出悉尼

---

[35] 《星洲日報 · 文藝春秋》,1997/07/13。

> 茨廠街長在自己的國家
> 各族用熟悉的語言喊買叫賣
> 出入茨廠街
> 依然是馬來西亞[36]

他的理由很簡單：所謂 China Town 是以次文化（subculture）的「孤堡」型態寄生在英語社會之一隅，茨廠街卻是「各族用熟悉的語言喊買叫賣」，裡裡外外都是馬來西亞。作者說得很明白：「茨廠街不是China Town／我們不需要」[37]。這種以「世代」為主的感覺結構的變遷，由於社會及歷史脈絡對空間認知經驗的衝擊，遂產生不同的感受與觀點。

在雷蒙·威廉斯（Raymond Williams）的描述下[38]，「感覺結構」是在特殊的地點和時間中，一種生活特質的感覺；一種特殊活動的感覺方式所結合成的思考和生活的方式。他並強調歷史涵構對個人經驗的衝擊，它不是主動心靈的產物，而是連鎖性的，我們可以透過印刷和影像等媒體的助力，透過非真實生活經驗的符號系統，來追憶感覺結構的存在[39]。從周若鵬的反唐人街態度中確實可以讀出世代變遷的觀感，馬來西亞本位的新世代視野，當然不能認同唐人街的定位；不過這首詩實在太短，「中文字塊」和「熟悉的語言」無法將茨廠街提

---

[36] 周若鵬（1999），《相思撲滿》，吉隆坡：千秋出版社，頁 87。

[37] 《相思撲滿》，頁 87。

[38] "Structure of Feeling" 一文，參見 Raymond Williams (1977), *Marxism and Literature*. Oxford: Oxford U.P. pp.128-135.

[39] 參顏忠賢（1996），〈地方感與感覺結構〉，《影像地誌學》，台北：萬象圖書，頁 62-63。

昇到更高的討論層次，我們只能在感覺結構的理論邊緣提到它的觀點
與情緒。李宗舜的〈茨廠街的背影〉（1989）也是如此。

李宗舜企圖從歷史情境的變遷中，尋找一種可供參考的觀點：

　　五十年前的茨廠街

　　繁華和熱鬧的背影

　　將深鎖在歷史的扉頁

　　供遊客追思

　　歸人徘徊不去

　　五十年後的唐人街

　　仰望摩天大樓

　　看不到盡處[40]

八〇年代的茨廠街是一條被摩天大樓重重圍困的老街，「看不到盡處」
暗示了它現代都市裡黯然失色的處境，以及悲觀的發展前景。詩人站
在已經「淪為」唐人街的現實位置上，回顧三〇年代的茨廠街，五十
年前的殖民地華風「將深鎖在歷史的扉頁／供旅客追思」。但五十年
前的茨廠街究竟是什麼模樣？從單純的茨廠街到販賣文化形象與物
資的唐人街，其中導致此一重大變遷的原因為何？作者皆沒有著墨
[41]。單薄的空間符號，在時間甬道的移動中，實在喚不起我們的歷史
想像。如果作者讓都市環境的整體生活經驗，介入到茨廠街的生態結
構裡來，則能深化街道空間的討論層面。

---

[40] 《詩人的天空》，頁 103。

[41] 即使唐林在〈茨廠街的變調〉裡，也同樣沒有交代何以變調，所變者何
　　調。這關乎創作者在構思時的縝密度與企圖心大小的問題。

　　上述幾位詩人繞著「唐人街」的議題，提出許多情感與理智的辯證，但他們對茨廠街的地方感之經營，還缺少兩種「活」的元素：（一）足以構成旅客眼中的唐人街文化景觀——那是茨廠街的文化特質；（二）街道的立面樣貌——這是細部的軟體（人事）與硬體（店舖）的記述。

　　段義孚認爲：「一個城市經由禮俗、節慶的規模與隆重來提升本身的吸引力」[42]。一條街又何嘗不是如此，茨廠街的華人文化特質，除了常駐的物質條件，還需要節慶來強化它的體質。田思（1948-）的〈茨廠街中元節〉（1995）首先替這條色澤沉重的街道添加了活力，「節慶」主題架設起地方感的全新內涵，使我們再次回到唐人街的思考天秤上：

　　　　在流行曲卡帶的震耳聲浪
　　　　與烤肉乾熱煙的夾縫中
　　　　拐入李霖泰菜市場
　　　　乍見路邊的龍柱香裊裊繚繞
　　　　三角旗在煙灰中獵獵飄揚
　　　　擠滿人潮的市場後空地
　　　　以汗酸和銅臭堆砌一個「盂蘭勝會」
　　　　罔顧許多車鏡上貼著的「三萬」[43]

---

[42]　Tuan, Yi-Fu (1977). "Visibility: the Creation of Place". *Space and Place: the Perspective of Experience.* Minneapolis: University of Minnesota Press. p.167

[43]　「三萬」（saman），意即交通違規的罰單。

入夜卻驚覺這裡竟成了戲園

粉臉花旦在麥克風下高唱粵曲

低音吉他取代了沙啞的二胡[44]

讀者的視覺在華人民俗文化的節慶空間裡緩緩移動，作者捨棄「熱鬧」、「喧囂」等交代性詞彙，用官能寫實的白描筆法，將白天的盂蘭勝會和夜晚的戲班子演出，鋪述得十分熱鬧。「李霖泰菜市場」是一個重要的情事節點（node），是茨廠街最大的人情聚集處，它構成街道空間的方向感基準。我們沿著作者的詳盡敘述，穿過聲光和香氣，一切都非常具體，尤其「拐入李霖泰菜市場」再走到「市場後空地」，視覺的推移讓整個街道空間很有方向感和現場感，街景層層疊疊卻有井井的條理，人聲變化中又有聽覺與視覺的交替，入目的訊息組織成一套相當完整的，屬於華人節慶文化的符號系統。

除了空間結構，另一個值得關注的是「音景」（sound-scape）。此詩的聽覺內容十分豐富，包含了常態的流行音樂和叫賣聲，節慶的花旦粵曲和低音吉他，在敘述進程中粵曲是深受流行樂和叫賣聲前後夾擊。至於那個取代沙啞二胡的低音吉他，則意味著傳統藝術的異化與質變。然而，危機往往被節慶的庸俗視野包容成合理的變革。

這種特殊活動的感覺方式是社會性的，不僅僅是個人的觀點，在一定程度上，這首詩填補了前述幾首詩在文化特寫上的偏失。不管從哪個角度去檢視，茨廠街終究是一條「絕對唐人」的街道。

論述至今，茨廠街的立面樣貌依舊模糊，主體情感往往隱沒在客

---

[44] 收入陳和錦編（1996），《南洋文藝 1995 詩年選》，吉隆坡：南洋商報，頁 25-26。

體現象背後，這個書寫上的失衡，直到方路（1964-）先後完成三首茨廠街組詩之後，才廓清了茨廠街的生活情態與立面樣貌。

　　方路的語言擅長於古老事物或舊日情懷的經營，他總能夠輕易地將感情的附著在事物或地點上面，這麼一條百年老街，正是供他滋養情感、大展身手的所在。但方路的茨廠街系列並不是一蹴而就的，前後三年間，一次又一次擴充他的書寫規模與深度，形成一種有人情和生活氣息的地方感。

　　茨廠街應該有它獨具的、特殊本土風格的生活感覺與社群經驗，透過方路的體悟與揣摩，它變成一種似幻似真的住民生活。似幻，是因爲語言的朦朧感，以及跳接、留白技巧的大量使用；似真，則基於空間質感的成功捕捉與營造，加上人物的特寫確有其獨到之處。方路的〈茨廠街〉（1997）算是暖身之作，他攤開茨廠街的時間地圖，神入（empathy）其中，去感受遺留在某些角落裡的痕跡。這首詩呈現一股有別於前述詩作的寧靜感，主體融入客體當中，主詞（我）亦消隱到敘述的背面：

　　　　一些過時的窗　堅持站在那裡
　　　　把時間也站成自己的庭院

　　　　仔細凝視
　　　　四周還掉下許多回音
　　　　撿起來是燙燙的往事
　　　　…………

　　　　有時裡面擠出一些光影
　　　　黑暗中老人在擦亮火柴

　　擦亮歲月的臉廓　　點上生鏽的煙味[45]
這裡只有過時的人、事、物──黑暗中的老人、微亮的火柴、生鏽的
煙味；以及衰老的時間──過時的窗、回音、往事。他企圖採集一些
可供回味的素意象、舊感覺，形塑出茨廠街住民的生活感，樸樸素素
陳陳舊舊，像一部線裝的宋版古書。他把「街上的喧嘩」,「交給閤眼
的窗／安撫」,分貝下降到靜音的水平，於是我們讀到彷如無聲電影
的氛圍。其他書寫茨廠街的詩作都焦聚在「空間」的熱鬧感，方路卻
把「時間」牢牢抓在手上，再加上「住民／人物」的形塑，打造出具
有舊時代味道的空間質感。

　　「舊」,真的是茨廠街全部的空間質感嗎？

　　從地方感，我們想起與其緊密相關的「場所精神」(genius loci)
[46],它包括了環境的品質情趣、性格、氣氛，李偉（Lewis, P）認爲
某些地方有種無法觸摸的品質，令這些地方顯得特別而值得護衛[47]。
正因爲茨廠街值得護衛，所以它值得一寫再寫；而茨廠街的街廓地
景，卻無形中限制了書寫的向度。方路感受到並加以詮釋出來的，是

---

[45]　《星洲日報‧文藝春秋》,1997/09/14。
[46]　「genius loci」(或譯作「場所精神」)是羅馬人的想法，他們相信每種獨
　　　立的本體都有自己的靈魂（genius）、守護神（guaraian spirit）。這種靈體
　　　賦予人和場所生命，自生至死地伴隨著，同時決定了他們的特性和本質。
　　　他們認爲和生活場所的神靈妥協，是生存最主要的態度，其實就是依照
　　　場所的天候及地理條件來生活。這種場所精神不但保存了生活的真實
　　　性，也飽含地景藝術的創造因子。參 Christian Norberg-Schulz 著，施植明
　　　譯（1997）,《場所精神──邁向建築現象學》,台北：田園城市出版社，
　　　頁 18。
[47]　見 Lewis, P. (1979). 'A Sence of Place'. *Southern Quarterly,* 17. p.27.

茨廠街某種不可觸摸的、陳舊的生活質感，以及介於樸實與廉價之間的文化性格（方路選擇了前者），它可算是地方感的內部組織，而喧囂的部分則是外部組織。佈滿時間皺紋的舊感覺，是茨廠街較迷人的部分。

在〈茨廠街習作〉（1998）裡，方路安排了一場襯底音樂式的雨景，細膩地籠罩著娓娓敘述的詩句。全詩五十行，共分六節，句子像雨線般，長長短短稀稀疏疏，而作者輕描淡寫的筆觸看似蜻蜓點水，卻又把自己淋濕，潛入雨景之中：

> 雨比我先來　其實雨在我的前生
> 已來過
>
> 落在街上　小攤口　人群
> 舊牌樓　盲人的拐扙上
>
> 我站在雨中　街道上的眼睛
> 都向我靠攏　其實他們在我來之
> 前早已這樣靠攏[48]

這是第一節的完貌。敘述主體佇立於雨中的茨廠街，他沒有刻意預設任何視野，反而帶著一顆感受的心，在街上看雨，看雨落在小攤口、人群、舊牌樓和盲人的拐杖上。鏡頭安靜地移動、跳躍，從籠統的人潮景象到建築與拐杖的特寫，短短兩行，鏡頭裡的詩意卻十分飽滿。

---

[48] 《南洋商報·南洋文藝》，1998/06/13，以下所有〈習作〉之引文出處皆同。

「其實雨在我的前生／已來過」，作者用很唯美的手勢，把雨和雨中的茨廠街推返歷史的初期——我的前生，也是所有讀者的前生。在前生，茨廠街就已經是這副模樣。描寫人潮的蝟集，他的寫法也很唯美；先說「街道上的眼睛／都向我靠攏」，再用「其實」兩句來個大轉折，把當下的、偶然的靠攏，擴大到本然性、本質性的靠攏。這兩個轉折非但拓寬了地方的歷史感，更把個體的地方感提昇成住民（店家）和路人的集體記憶。

方路接著在第二節提到「花燈　酒醉的漢子／在街道躺成潮濕幽靈」，很含蓄地暗示了情慾潛藏的狀態[49]。「潮濕幽靈」——道盡了醉漢的內心的頹靡和形軀的落魄。像幽靈——看似存在卻不存在；且潮濕——外部潮濕是否意味著內部長菌？這麼一個空洞、潮濕的所在，難怪第三節會出現如此聳動的街道生態評鑑：「在這裡適合流浪　狗也這麼說的」。所有路過的行人，在作者眼裡都是「遊民的後裔／或者只是一隻隻看慣人間冷暖的／狗」。流動的、不安定的因素，本來就是街道的生態結構，茨廠街當然依賴路人的流動和停佇（消費）而存在。

走累了也看累了，方路在第四節坐了下來，「我坐下來　那個茶餐室已快坐了／百年」，品嚐咖啡店裡太濃的歲月。除了形同蛇足的第六節，我們在第五節看到一則重要的描繪：

　　蹲在街上賣蓮花　掛上幾塊鹵味

---

[49] 相對於唐林隨筆寫成「三五個旅店買春出來的男人／喋喋爭辯自己才是好漢英雄」（〈變調〉），許裕全直接道出「但自從過境的流鶯，夜夜／棲宿枝頭啼叫春色」（〈ＫＬ詩人〉），方路的花燈和醉漢，確實來得含蓄且無損其詩意。

　　　　街上行人　　走過鋪上紅色的齒磚

　　　　走廊[50]

「重要」指的不是蓮花或鹵味，而是走廊地板「紅色的齒磚」。我們
不妨回顧上述幾首詩，他們皆不曾明確地描繪過街道建築，詩人之眼
何嘗會去留意人行的地面。「瀝青」已經是都市詩道路書寫的陳調，
唯獨本詩的「紅色的齒磚」一新耳目，讓我們在腦海裡拼出走廊的樣
子——紅色的地磚以鋸齒狀的邊，相互咬住。而行人、醉漢、攤販、
蓮花、鹵味、龍眼、冷剎、葡萄牙燒魚、卑梨、肉粽、音樂攤、豆腐
花、執法員和雨水，林林總總的事物全都附著在齒磚走廊之上，它—
—儼然就是整個街景／畫面的底色。

　　這首詩流露出特殊的感覺方式，雨景豐富了茨廠街的地方感，如
默片的靜音敘述取代了我們早已讀膩的喧鬧，但人物的形象與街道的
立面樣貌仍舊是模糊的，而且隱隱迷漫著一股飄忽與疏離感。其主要
原因是：茨廠街不是一個社區，而是一條街道，它的住民組織原則上
並不存在，取而代之的是傳統商圈的作息生態，所以疏離是難免的。
我們甚至可以這麼說：飄忽與疏離正是茨廠街的場所精神，基於它的
流動本質，所以不斷驅逐在此停佇的心靈；狹長的舊式商圈之地形，
更讓它的硬體發展停滯在歷史印象的宿命之上。長久以來，茨廠街的
場所精神守護著、禁錮著這個街道空間的古老特質。

　　除了感覺的特質，茨廠街的視覺內涵其實也很豐富。段義孚認為
當我們「注視一方全景時，視線只會駐留在我們感興趣的點上，每次

---

[50] 《南洋商報‧南洋文藝》，1998/06/13。

停頓都充裕得足以產生地方意象」[51]。是的,這麼長的一條茨廠街,如果我們匆匆瀏覽,頂多看到川流的人潮與擁塞的車陣、聽到高分貝的噪音、感受到如夏的高溫。其實佔據視線很大面積的,是那紛亂的店舖招牌,以及店舖裡的人物生態(如果我們停下腳步細心觀察的話),它們都「足以產生地方意象」。

在方路的〈茨廠街店舖之書〉(1999)中,居然出現——廣耀興海味行、麗豐茶冰室、詩奇影相、南隆、添跛商店、廣彰金鋪、風月酒家、天如油燭紙料等八家「唐味」十足的華人店舖。這麼一羅列,立即架構起茨廠街粗略的立面樣貌。當然我們不能苛求詩像電影或照片一樣,一柱一瓦地勾勒出街道的建築形貌與色澤,不過這八面招牌在腦海中一字排開,已經大致廓出街景的影像,以及我們的視覺脈絡;再加上各店舖的內部描述,這已經是所有茨廠街詩篇裡最立體、最具有地方感的摹寫成果。

這首詩分八節,每一節特寫一間店舖,形同茨廠街不同時間與位置的橫切面。也許我們會忍不住惋惜:為什麼方路不用連續性的時間和動線穿越這八家店舖,從早晨到夜晚,圓滿地組合出茨廠街的縮影模型。

無論如何,我們還是在「店舖浸了海水」的廣耀興海味行聞到沽售的魚腥,看牠如何「想從前潮濕的體味」;在賣鳥獸的添跛商店,看到客人「把自己的嘴巴 貼在籠子邊/彷彿在灑好的飼料味裡/找到自己適合的胃口」,享受著閒適的黃昏;在麗豐茶冰室的外頭,則目睹了「載冰的三輪車推到前面 掀開麻袋蓋住的/早晨」,接著是

---

[51] 《建築現象學導論》,頁 173。

「搓麵的小販/也開始搓著自己/駝背的影」,掀開辛勞的清晨;在
風月酒家聆聽「六十年代的風鈴」,「找回自己熟悉的/舊口味」,往
窗外望去,則見南隆的「廣告招牌給風雨掛斜/豎立在很老的石柱
上」。在最後一節的天如油燭紙料店裡,談到「老街的天氣」:

> 悶熱得像穿緊身衣的
> 女子
>
> 添油買紙的顧客走進門檻
> 過時的三寸金蓮
> 彷彿還站回樓板上
> 唱幾段老粵曲[52]。

方路對悶熱天氣的妙喻,十分傳神;這種販賣油燭紙料行業,也真像
極了「過時的三寸金蓮」。而這一節敘述本身就是一段餘韻繞樑的老
粵曲,充分顯現了構成地方感的感覺元素——落伍且陳舊。我們回顧
上一段的引文與論述,八家店舖的生活情態各具神采,全是既寫實又
細膩的人物特寫,包括了謀生的情況、消費的舉止、懷舊的心情、老
石柱上的招牌、過時的行業,這些都不全然屬於自主心靈的虛擬圖
象,方路在茨廠街進駐了感情,張開了慧眼,卻能讓影像自己說話,
道出茨廠街的生活內涵,並且在整個馬華新詩的茨廠街書寫行為中,
填補/建構了僅有的商店之立面樣貌。

　　雖然方路沒有將茨廠街置入整個吉隆坡的社會涵構中,彰顯它的
老舊,討論它的感覺結構。我們甚至可以這麼說:他一開始就將茨廠

---

[52] 《星洲日報・文藝春秋》,1999/06/13,本詩引文出處皆同。

街從大環境裡抽離出來，然後用身歷其境的心態（甚至神歷其境？），去感受、詮釋它本身蘊含的地方感。其次，由於方路不是匆匆路過的瀏覽和速描，而是較長時間（文本時間）的停佇，心靜之故，所以街道的空間結構相對寧靜──準備營業的清晨、賞鳥的黃昏、打烊後的夜晚，或選擇消音的雨景、封閉在老店裡的情境。方路極力避開尖峰的喧囂時段，不然就把鏡頭鎖定在局部街景，括弧（bracket）起紛亂的現象，存而不論。這是方路茨廠街系列的寫作策略。

上述十首約三百行的茨廠街詩作，可以說是一場相當成功的「造街運動」。每一首詩都是茨廠街的一個路段，一路走來（讀來），我們目睹了茨廠街的喧囂與寂靜、常態與節慶、唐人街的內涵與爭議，以及川流不息的車潮和人影，其中有概念性的交代，有詩化的心境與神情。這個近乎全方位的影像建造，以及地方感的經營，使茨廠街成為亞洲中文現代詩中最突出的街道影像。

三、意義鏈結的向度：生活隨筆與文人情懷

原則上街道的論述勢必與都市主題脫不了關係，街道的視域延伸自然是商店、大樓、工廠等內部空間的消費、生存情態。其實在亞洲中文現代詩的街道書寫中，仍有許多非常個人的情緒與情懷，游離在街頭巷尾，與都市詩維繫著若即若離的關係。本節以街道作為主客體之間的化合媒介，將依附在街道上的文人情懷、生活隨筆、社會／政治活動等元素，一一「鏈結」到街道書寫的主架構來。如此一來，更能深入觀察在都市詩僵化的空間書寫以外，主題創作之餘，詩人以生

活之眼所看見、以平常之心體驗到的街道面貌。

　　亞洲中文現代詩的街道書寫，當以文人情懷和生活隨筆爲最大的鏈結主題[53]。這個觀察結果讓我們了解到：一條街道除了承載制式化的空間符碼（如第一節），以及地方感和感覺結構的形塑之外（如第二節），它還有許多的可能。或經由敘述主體的主觀詮釋而產生特殊意義，或者成爲詩人本身的生活情調與雜感之載體。前者最有名的例子是台北武昌街的特寫，老詩人周夢蝶和他的舊書攤，往往成爲必然的街道地標，武昌街幾乎是基於老詩人的存在而獲得被書寫的價值。雖然在吉隆坡讀不到這樣的街道，但文人情懷的鏈結，讓馬華新詩裡的街道書寫產生另一番形貌。

　　方昂（1952-）的〈茨廠街——給傅承得〉（1997）根本就是一首借題發揮的詩作。我們不必求證於作者，是不是詩人傅承得路過茨廠街的身影誘發了詩興，才賦詩一首以贈友人。重要的是方昂如何借路寫人：

　　　　想起鷹搏長空⋯⋯

　　　　想起遮蔽長空的煙塵
　　　　想起煙塵裡愈高愈近虛空的都市摩天大廈
　　　　想大廈蔭影下匍匐而過的都市人
　　　　想都市來去，你那容易受傷的黑布鞋

---

[53] 隨手拈來的作者有台灣的周夢蝶、葉維廉、張默、辛鬱；中國的侯馬、葉匡政、藍藍；港澳的飲江、智風、葦鳴；馬華的方昂、傅承得等多人。尤以台灣和中國爲大宗。

想敏感的黑布鞋踏過茨廠街的坑坑洞洞

想茨廠街頭賣刀有夢如刀的

一介書生

想起鷹搏長空九萬里……[54]

好一句「想起鷹搏長空」，在以茨廠街為題的詩作前端，能產生像「黃河之水天上來」那種臨空而降的驚訝感，使我們期待中的空間描述變得不可預測，飽滿的聲情高高揚起此詩的氣勢。然而豁然開闊的鷹揚視野，在「煙塵」裡驟然暗了下來，摩天大樓使勁支撐著天地，它那宏偉且深具壓迫性的體積，壓得都市人不得不匍匐而行。忽而高樓忽而行人的鏡頭變化，大大充實了此詩的空間感。接著轉焦到「敏感的黑布鞋踏過茨廠街的坑坑洞洞」，我們幾乎可以感受到詩人腳下的脆弱與敏感，然而他的步伐卻是那麼從容且不懼，無畏於不適和可能的傷痛，毫不介意地踏著坑坑洞洞，在都市陰影底下來去。如此一介書生走在茨廠街，隱然有一襲入世又不拘，過污泥卻不染的氣度；有夢如刀的一介書生，就在方昂筆下走著，在作者的意圖語境裡如「鷹搏長空九萬里」，而讀者的心理語境同樣是「鷹搏長空九萬里」。

要充分感受這首詩，必須借助許多外圍文本——本文第二節所引述的諸首茨廠街詩作，在腦海中自行架設起擁亂的街景，再讓書生和黑布鞋朝著我們走來。

因為這是一首借景寫人的詩作，人景之間的比例要拿捏得十分準確，好讓茨廠街作為回憶事件與詩人形象的載體，鏈結到文人情懷的

---

[54] 《星洲日報·文藝春秋》，1997/11/16。

層面去[55]。

游川（1953-）則寫了一首〈我在秋傑路看見繼程走在人潮裡〉。
秋傑路與繼程法師的組合，會不會是一場異質空間與出世僧人的對
峙？這首短詩只有十二行，游川卻花了十一行來寫入夜的秋傑路，有
印尼小販跟馬來小販在起衝突，有回教堂的禱聲在空中堅持掙扎著方
向，接著游川便陷入夜市書寫的亂象模式當中：

> 人潮聲叫賣聲車聲流行歌曲聲
>
> 伴著烤肉香炸香蕉煎魚香
>
> 和庸俗的脂粉香
>
> 隨風撲去
>
> 跟那和尚撞個滿懷[56]

「撞個滿懷」是衝突，是前面十一行亂象與和尚的文化衝突。但游川
沒有將之擴展開來，也缺乏後續情節的發展線索，和尚對秋傑路的感
受如何，我們無從猜測。想必是游川在秋傑路看見繼程走在人潮裡，
覺得突兀，然後用詩把畫面記述下來。但這種寫法反而令人覺得游川
原想營造一個多重詮釋的，即入世又出世的「僧人行街圖」，任那亂
象把讀者撞個滿懷問號，而詩的題旨就在問號堆裡尋找。可是這首詩
主體情感的投射並不明顯，很難找出可靠的詮釋脈絡。

曾經在前一首詩裡頭，穿著敏感的黑布鞋踏過茨廠街的傅承得
（1959-），在〈午後四點過古晉路〉（1990）的時候，流露出一股異
於路過茨廠街的閒暇之情：

---

[55] 正因為如此，此詩沒有納入第二節的討論範圍。
[56] 收入南洋商報社編（1991），《千帆過盡》，吉隆坡：南洋商報，頁11。

　　這時刻的吉隆坡

　　雨洗之後，灰塵很少

　　一條游魚

　　滑過快樂的街樹

　　還有安安靜靜的高樓

　　夕陽躺在回教堂塔尖

　　水珠仍在那裡閃爍晶瑩[57]

這幕清新得令人感到陌生的雨後街景，在都市詩裡很少見，尤其是午後四點的繁忙時間。大雨之後，被刷洗過的空氣和心情，讓詩人享受到一刻如魚悠遊的閒適與寧靜；加上一顆躺在回教堂塔尖的夕陽，整個畫面產生迷人的質感（地方感），像一則短短的生活隨筆，即真實又虛幻。真實，是基於時素（午後四點）與地素（吉隆坡、回教堂塔尖）都很明確；虛幻，乃因為太過閒適的心情，讓刻板印象中的街廓市容顯得很陌生。主體意向投映在吉隆坡的街道上，成就了這幅「辭與意會，意與景融」的，現代都市的清悠水墨。詩人如魚，夕陽跟水珠同樣晶瑩。

　　三個月後，當傅承得在〈黃昏路過敦依斯邁路〉（1990）時，卻是百感交集，滿懷的悠遊與從容剎時散盡。他目睹了長長一列板牆圍住的貧戶和衍生的社會問題，相對於路過的馬賽地（Mercedes-Benz）的防彈玻璃，貧富之間的對照與隔絕令詩人感到不平，不平則鳴：

　　偶爾，脫落一兩片木

[57] 傅承得（1995），《有夢如刀》，吉隆坡：千秋出版社，頁47。

> 立在雜草與積水中的破屋
> 覷見光耀滿路的銀花火樹
> 以及碩大無朋的廣告看板
> **熱愛馬來西亞！**[58]

像一根穩定的手指按下快門，力求平和的語氣客觀地揭穿「熱愛馬來西亞」背後的殘酷事實。無人理會的貧瘠在偉大慶典的堂皇口號中，衝撞出強烈的嘲諷。傅承得在敘述進程中，依舊有效把持住情緒，將唯一出現的「！」安排在歡呼的位置上，由前述九行逐行累積下來的訊息，將歡呼的「！」自行轉換成悲嘆。文人對社會的諸多不平，也只能如此洩忿和抒懷了。

就馬華部分而言，這類型的詩作其實不多，能鏈結的主題也有限，所以才珍貴。

小結、一條街道的讀／寫成果

即使不另行鏈結，「街道書寫」在馬華都市詩裡也算是大宗。

從「河流／車河」譬喻系統的實踐程度可以得知，在普遍意義的街道書寫上，馬華詩人沒有開發本身的技巧和視角；若跟台灣、中國等地的前驅詩人的寫法相較，立時暴露了高度的同質性（在此恕不例證）。這類模式化的街道讀／寫活動，實在令人擔憂。

所幸，馬華詩人對某些特定街道的關懷，無形中累積／儲蓄了一

---

[58] 《有夢如刀》，頁 59。

大筆文學資產。尤其茨廠街全方位的地方感之形塑，更是獨步亞洲現代漢語詩壇。在其他漢語國家，確實找不到如此集中、立體、完整的特定街道之書寫，這是馬華都市詩最有價值的部分。

最後，本文鏈結了文人情懷和隨筆的街道書寫，從側面豐富了此一主題的內涵。不過，還是有幾首涉及色情問題的詩作（花街之類），無法納入討論，只好留給下一篇有關都市消費文化的論文去處理。

感官與思維的冷盤
──九〇年代馬華新詩裡的都市影像

緒論、都市詩的閱讀雷區

　　從過去無數次的閱讀經驗，我們儲存下來的都市印象多半是負面的，在城鄉的二元對立關係中，詩人們總是站在自然世界殘餘的綠色版圖上，對都市邪惡的胴體展開多層次的攻擊。然而以這種敵對的態度來書寫都市的種種罪惡，首要面對的是我們在現實生活中積纍的都市閱歷與見聞。一首成功的都市詩必須以敏銳的洞悉力穿透表層現象，進入問題的核心，而不是僅就大家所目睹的社會亂象，作一番了無新意的演繹。換言之，作者的觀點必須突破我們熟悉的事物，提出他獨到的看法。所以我們自然會在閱讀之前會產生某些期待，期待這首詩能帶來視野的開拓，乃至於思考的震撼。

　　其次，一首即將被閱讀的都市詩必須面對讀者腦海中的「詩庫」，這些記憶中的詩篇極可能形成兩項閱讀挑戰，其一是經由某些佳句與佳篇築構起來的、具有相當主觀成分的「品味」，它是讀者自身潛在

的讀詩標準;其二是某些被前驅詩人多次反覆運用以至泛濫的寫作技巧,以及某些千遍一律的都市景象描述,在記憶裡層積出僵化的印象,最後成為後進詩人的雷區。其中最明顯的地雷即是:「擁擠」、「灰暗」、「孤寂」、「墮落」、「迷失」、「破壞生態」等常見的都市詩母題(motif),如何化腐朽為神奇便成後進詩人免於觸雷身亡的最大焦慮。尤其馬華新生代詩人對台灣新詩的許多意象和技巧,不免都有某程度的師法與因襲。第二種地雷是細部的情慾及性器官的描寫,它從一般讀者的保守心理突圍而出的同時,必須對題旨的深化、昇華、鋪展有相當的效能,這是它的存在價值。

上述例舉的諸多期待與條件,將作為本文的檢視九〇年代馬華的都市詩,以及一般詩篇裡局部的都市影像描寫,所依據的一個評價標準。

一、複寫在角膜上的都市殘影

就作者所目睹的都市現象,透過意象的演繹和詩語言的陳述,將各種視覺影像和生活雜感投射在讀者的角膜上,這種「現象複寫」可以說是馬華都市的典範動作,也是大宗。只因為我們習慣用肉眼去記憶現象,所以都市對許多人而言,只是一個充實視覺的現象空間。

在這個擁擠的都市空間裡,「移動」是一個重要的內容。隨著交通工具不斷提昇的移動能力,追求速度的慾望也因而提高,移動速度與空間容量的不協調所引發的塞車症候群,已成為詩人摹寫都市生存

情態的一個焦點。龔偉成（1967-）在〈城市之死〉一詩中，就以塞
車為主要議題來展開他的控訴：

> 她吞了一條五彩巨蟒
>
> 就交通阻塞了
>
> 印第安人薰起煙來求救
>
> 烏煙瘴氣在高壓之下流動
>
> 蛆蟲在體內游移
>
> 狂舞　　歡呼
>
> 於晚間亮滿了燈的慶典[1]

過量的車流超出街道的吞吐能力，排氣污染著都市的肺葉，這是眾所
皆知的塞車情形，不管龔偉成的意象運用得如何，上引的前四句僅僅
達到現象素描的程度。當都市人的「歸家動線」因塞車而被迫延長，
從辦公室回家的過程當中，忍不住替疲憊的軀體附加了一連串的消費
活動；龔偉成透過一尾侵蝕個體道德意識的「蛆蟲」，鼓舞下班族沉
淪於聲色，夜晚不禁燈紅酒綠起來，於是文本裡的都市人邁進我們在
許多影片中常見的夜生活情節。此詩的「續集」在沙河（1946-）的
〈悸〉中作更詳盡的演出：

> 昏黃的光影
>
> 揉碎沒有名字的人群
>
> 模糊的臉孔讓煙霧
>
> 慢慢地燃燒

---

[1] 收入潘碧華等著（1992），《舊齒輪 No.6──第六步詩坊合集》，吉隆坡：
　佳輝，頁96。

　　　　七時卅一秒或九時一刻

　　　　時間昏迷在高腳凳和

　　　　高叉旗袍之間[2]

這是一幅十分典型又刻板的夜生活情景，從感官層面切入，寫一群下
班族在入夜之後轉入聲色犬馬的「異質地點」（heterotopia），在這
個沒有道德規範的夢幻空間裡，盡情釋放久抑的慾望與情緒，讓肉體
還原真實、赤裸的靈魂，在吧檯的高腳凳與包廂的高叉旗袍之間，進
行一些完全放縱的行為。然而這一切全都在夜總會、舞廳、ｐｕｂ
等我們讀膩的都市場景裡反覆搬演。彷彿在演練一套寫作公式，〈悸〉
詩中的人群用雷同的生命情調和動機書寫這個空間，然而空間的聲色
特質反過來模糊掉人群的面容。

　　　這種把都市人的面容進行「大一統」的寫法，同樣出現在劉育龍
（1967-）的組詩〈後現代主義的際遇〉的第二節「窺視者」當中，
他窺視到：

　　　　每座城市都緩緩蠕動於十二指腸中

　　　　每個人都共有一種表情

　　　　靈魂都傷痕纍纍

　　　　每一朵希望都迷失在灰色的天空[3]

「共有一種表情」、「靈魂傷痕纍纍」、「迷失在灰色的天空」都是
現象的陳述，到底是哪一種表情？為何傷痕纍纍？究竟迷失在什麼地
方？這些問題都缺乏更深一層的分析或挖掘。姑且不論文本中所形塑

---

[2]　《蕉風》第 462 期，1994 年 9/10 月號，５1頁。

[3]　收入《舊齒輪 No.6——第六步詩坊合集》，頁 16。

的都市人表情／靈魂，是否可以跟我們現實生活周遭的表情／靈魂貼切地吻合，但我們卻清楚的讀到一種刻板的「負傷」的表情／靈魂，已在色調「灰暗」的都市詩的書寫中約定俗成，似乎不得不把都市人作如此的描述。對於都市人的靈魂，我們所期待的應該是多元且繁複的類型刻劃，不同職業的都市人都有交集與不交集的生活方式與生存困境；面對這些都市人的生存狀態，詩人的筆觸該展現的是他敏銳的洞悉與深沉的思考，而不是現象的複寫。因為這些現象早在我們的角膜上陳屍多年。

　　同樣的，「迷失」也是一個常見的母題。孟沙（1941-）在一九九七年二月，針對讓廣大群眾沉迷不已的股市，寫了一首〈他的名字掛在交易板上〉：

　　他的名字掛在

　　交易板上

　　昨天的行情是：3.30 零吉

　　今天一躍高居十大榜首

　　作價成三級跳

　　最後以 10 零吉收市

　　‥‥‥‥‥‥‥‥

　　他一下子成了股市明星

　　股友為他瘋狂入迷

　　報章大版大版為他報導宣傳[4]

這首詩完全在我們熟透的印象裡操作，假使將詩句以「，」串聯起來，

---

[4] 《南洋商報·南洋文藝》1997 年 2 月 19 日。

馬上成爲一則沒有論述深度可言的，財經版裡的股市報導文字。就在
文本中的股友迷失於股市的同時，孟沙因爲只關注題材而迷失在新詩
語言的迷宮裡，以致語言的股市全面崩盤，最後僅僅以馬幣 10 零吉
（稿費）收市。話雖如此，10 零吉卻也足以讓他完成一次小小的消
費；「消費」可說是都市文化中極爲重要的環節。

　　金錢是消費所需的資本，物質與時間則是消費的主要對象。都市
裡極大部分的消費行爲始於逛街，「逛街，已經成爲訊息的蒐羅，也
成爲娛樂的型態，購物與否反倒是其次的事」[5]；都市人透過閒暇時
間的投資，去認識不斷替換的商品，以及各大商圈的消費特性，下一
步的行動才是購買。我們可以「透過消費活動對於不同群體的人們在
其日常生活上的功用、角色與意義之間的差異，可以隱約看出不同群
體的人們日常生活、文化層次問題的程度」[6]。這些對消費文化的基
本認識，自然構成我們的期待視野。

　　王德志（1975-）在〈時代：百貨公司〉裡企圖處理某個群體的
消費形式與心態：

　　　　人群擠入意圖
　　　　擠入貨品堆裡
　　　　告訴眼睛
　　　　一種偵探的工作規律
　　　　彷彿與時間過不去

---

[5] 詹宏志（1996），《城市人──城市空間的感覺、符號和解釋》，台北：
　麥田，頁 96。
[6] 陳坤宏（1995），《消費文化理論》，台北：揚智，頁 149。

打開所有夢的盒子

．．．．．．．．．．．．．．．．．

挖空整個建築物

快樂地離去

按照計畫

明天要搬移的地點

繼續…繼續…

繼續…[7]

可是王德志卻沒有洞悉到商品本身蘊含的文化意義，以及不同層次的消費動機和心理，他把消費簡化成「買東西」，而且商品只是一個被動的對象，這些人群才是重點所在。他們意圖透過商品的大量採購來完成夢想——更高的生活品質，所以不停的採購，將整個建築物（百貨公司）挖空。王德志對消費行為的批判就凝固在明瞭淺顯的事實描述之中，無從再往外延伸[8]。更重要的是，他的書寫並沒有超出我們的生活經驗之外，只完成一種消費現象的紀實；加上詩的語言太過口語化，形同某人在我們耳邊將日常生活的見聞作一次扼要的複述，以致全詩更顯得通俗平淺。

　　許多都市人為了消費商品而生活，從基本維生的飲食層面往上躍昇，由需求消費轉變成炫耀性消費（conspicuous consumption），物質反過來主宰生活，物質滿足與感官娛樂成為唯一的出路。沙河

---

[7] 《蕉風》第 477 期，1997 年 3/4 月號， 52 頁。

[8] 此詩的第二及第三段把轉焦到一個員工的現身情態，嚴格來說這是一個失敗的銜接，中止了消費母題的深化。

（1946-）的〈消費哲學〉同樣運用太過口語化的語言，直接了當地
陳述消費品對生活的主宰現象：

> 曾賣身給信用卡公司的
>
> 那男子
>
> 在調整自己的胃口後
>
> 用牙籤剔著營養不良的
>
> 荷包
>
> 除了衣食住行這些澱粉蛋白質外
>
> 電視機和手提電話也是必要的
>
> 維他命
>
> 還有假日的行程表
>
> 還有太太晚宴的皮大衣
>
> ⋯⋯⋯⋯⋯⋯
>
> 如果自己多養一個黑市夫人
>
> 不知會不會超出
>
> 預算？[9]

信用卡對現代都市生活的影響是巨大的，它可以讓使用者預支／透支
他的夢想，這個信用便利不停地膨脹使用者的消費慾，人與商品之間
失去自我克制的理智關卡。這首短詩的題旨正是我們腦海中的信用卡
印象，一長串消費品的羅列，並沒有開拓新的視野或深度，思考內容
與向度過於簡陋，沙河對新詩語言和意象的經營更是明顯不足。

　　我們沿著都市人的歸家動線，先後瀏覽過塞車、沉淪聲色、迷失

---

[9]　《星洲日報・文藝春秋》1996 年 11 月 17 日。

於股市、陷身於消費等四種生存狀態，接下來就要讀到有關回家或家
裡的生活情境。

　　「家」在都市詩人的筆下從舊社會的倫理結構中抽離出來，成為
一個意義單純的居住空間（通常被設計成獨居的空間，這也是一個模
式）。台灣年輕詩人林群盛（1969- ）在他一九八八年的少作〈那棟
大廈啊……〉中，形塑出一具有心臟等內部器官的一棟大廈，昇降梯
以及層層的通道和無數的水電管線是「從心臟上蔓延的兩根粗大的血
管分歧出數萬根微血管繚繞糾結在大廈的內壁」[10]。八年後，呂育陶
（1969-）在〈G 公寓〉一詩中，在〈那棟大廈啊……〉的創意基礎
上，進一步將整個都市徹底「器臟化」，讓都市人「每天／通過堵滿
脂肪的肥大動脈／投入生活的腦葉摺層」，「走進公寓的血管／到達
公寓的腰身」[11]，搭乘昇降梯回到他居住的封閉空間，接著我們被告
知：

> 電視機是他唯一的窗戶
> 「唯一的，自給自足的國土」
> 他提起遙控器像提起
> 無上權威的令牌
> 按下了

---

[10] 收入張漢良編（1988），《七十六年詩選》，台北：爾雅，頁 86。其實
　　詩中的「大廈」可以解讀成整個都市的隱喻，心臟與血管即是都市的權
　　力結構與體制網絡；倘若從這個較宏觀的詮釋角度來看，呂詩三分之二
　　篇幅不免陷入林詩的陰影當中，從「大廈」到「都市」不過是辭彙層面
　　的轉換與發展。

[11] 《南洋商報・南洋文藝》1996 年 7 月 5 日。

　　唯一的按鈕：

　　「孤獨」[12]

在台灣詩人羅門（1928-）寫於一九八〇年的短詩〈電視〉裡頭，電視已扮演過視覺封閉及精神壓力的宣洩、解壓管道[13]，所以另一道前驅詩人的餘蔭在等候呂育陶來觸雷。所幸呂育陶將電視喻爲超越視覺封閉的「窗戶」之餘，也給它增添了新的角色功能：唯一可以讓被體制操控的「他」，擁有可以主控的對象。結果電視成了自主意識最後的防空洞，但十分諷刺的是，這分無上的自主權只能選擇「孤獨」，在斗室中被寂寞密密實實地囚禁著。呂育陶這首都市詩在兩位前驅詩人舊作的縫隙裡努力突圍，仍然無法全身而退，況且最終還是回到常見的空間窠臼──「獨居的空間」，借此襯托出都市人的內心「孤獨」。

　　上述例舉的七個文本，幾乎可以涵蓋都市寫作的大部分題材（除了情慾與暴力方面缺人問津），可是我們對都市的瞭解似乎沒有透過這七次閱讀而擴大。我們甚至可以這麼說：他們只是將已知的現象再次複寫到我們的角膜上，有一些是頗具深度的爪痕，不過更多的是殘象。都市亂象已經是生活中所慣見的，如何透過意象的陌異化來化腐朽爲神奇，如何透過詩語言拉開素材與刻板經驗的距離，這是經常被忽略的創作要素。過度口語化的問題，對任何從事都市題材創作的詩人寫手而言，都可當作前車之鑑。

---

[12] 同上。

[13] 有關論述詳見陳大爲撰（1998），《存在的斷層掃瞄──羅門都市詩論》，台北：文史哲，頁 67-68。

二、情感和理智的根鬚以及它的糾纏

　　雖然我們無法在馬華新詩的都市書寫活動中讀到動人的都市人文色澤，但我們卻可以在某些詩篇裡讀到或濃或淡的都市情感。這一座座被許多詩篇刻板成冷酷無情的都市叢林，並不是詩人們內心唯一的觀感，都市生活亦非一無可取。任何一片我們踏踏實實生活過的土地，都會引誘情感與理智伸出它的根鬚。

　　經由長年的居住，以及經常性活動的涉入，親密性及記憶的積累過程，一種對所在地的認同感與關懷在潛意識裡建立，「空間」（space）及其實質特徵於是轉型為「地點」（place）[14]。這個擁有記憶內容的地點（也許是個社區，或者一個景觀獨特的地方），就是都市人的情感根鬚盤結之處。〈檳城老地方〉一詩中的檳城影像，對鍾可斯（1963-）而言，儼然就是一個主動心靈的產物：

　　　又是長堤落日的午後　城堡寂寂

　　　鐘樓敲打著殖民地時代

　　　碼頭很近

　　　渡輪很遠

　　　大橋在水平線那邊[15]

鍾可斯運用了「長堤」、「城堡」、「鐘樓」、「碼頭」、「渡輪」、

[14] 顏忠賢（1996），《影像地誌學》，台北：萬象圖書，頁 59。

[15] 《南洋商報·南洋文藝》1996 年 10 月 4 日。

「大橋」等高度可意象性（image ability）的影像，來形塑檳城的港
都風貌。碼頭和渡輪一近一遠的拉開了視覺寬度，鐘聲將情感由當下
的落日景象，輕輕敲返殖民地的時代。雖然文本中檳城的總體內容從
個體記憶展延到集體記憶，但我們讀到的仍是現實的畫面，鍾可斯並
沒有進一步經營殖民地時代的檳城景象，所以溯返歷史上游的只是主
體的情感，以至它無法成爲一個具有足夠歷史縱深的「地點」。在鍾
可斯的另一首〈吉隆坡尋訪〉當中，我們固然可以讀到「雙峰塔」這
個地標建築，以及「發霉發酵」的巴生河，但吉隆坡影像在這裡僅僅
作爲一個情感的載體，他尋訪的是一則淡去的友情。

　　倒是潘碧華（1965-）的〈揮別吉隆坡〉，充分顯露出外地學生
對這座異鄉都市難以割捨的情感，而吉隆坡也成爲她在詩中的對話伙
伴：

> 我猶豫不決的回首中
> 該有濃濃的惆悵
> 你的神情欲語
> 在玻璃門上一閃而逝
> 那我還跨不跨這一步？
> ．．．．．．．．．．．．．．．．．．
> 車上的鴉，向自己的爪印發問
> 在它睥睨的眼中
> 還是掩不去那點點孤零
> ．．．．．．．．．．．．．．．．．．
> 最後，我還是走了

　　沒有你的揮手

　　就讓四方的高樓送我[16]

此詩共分四節：「進站」、「孤鴉」、「越軌」、「開行」。對「我」而言，吉隆坡的感情內涵源自求學生涯的記憶沉積，而火車站就扮演著一個讓情感匯聚的情事「節點」（node）[17]。在本詩的第一節，學成準備歸鄉的「我」帶著猶豫不決的思緒與惆悵的心情進站侯車，即將離開這座孕育過她的都市。潘碧華選用具有當地色彩的「鴉爪」來替換近乎僵化的「雪泥鴻爪」，成功免於觸雷。同時將學士服所代表的成果與心情，很貼切的比喻成「它的黑衣是一襲驕傲」。然而，當「我／鴉」低頭「向自己的爪印發問」的時候，對吉隆坡更是依依不捨。直到火車開行，吉隆坡仍然沒有向「我」揮別，只有一座座高樓遠遠送行。很顯然，「我」對都市的情感屬於單向的深情的付出，都市（你）沒有正面回應這分情感，即使「你的神情欲語／在玻璃門上一閃而逝」，那也不過是都市人一廂情願的錯覺。

　　從文化的層面而言，所有文化遺跡都儲存了情感，象徵意義，體現歷史，表現認同，執行了社會功能，所以建築物可說是一個文化（乃至於文明）的象徵。然而，我們卻無法從今天吉隆坡的現代化建築，去追憶這座都市的身世與消逝的歷史面容；我們只有同時透過獨立廣場、ＲＴＭ大樓、Pudu Raya 總車站、國油雙峰塔、金河廣場、茨廠

---

[16] 收入《舊齒輪 No.6──第六步詩坊合集》，頁 36-37。

[17] 都市人潮的動線往往會基於交通、商業、宗教等因素而聚集在某處，這種地點，凱文·林區（Kevin Lynch）在 *The Image of the City* 一書中稱之為 node。

街、陳氏書院等等，諸多不同歷史時期的建築物，組構成一個擁有完整吉隆坡特色的記憶圖騰，一個「都市識別體系」（CIS, City Identification System），從中我們可以歸納出吉隆坡的都市性格。

李宗舜在〈陳氏書院〉一詩中，「遙對著百年建築物」，就這座吉隆坡僅有的文化古跡之處境，提出發人深省的看法：

> 左邊的鐵籬上
>
> 懸掛著「老舍茶館」
>
> 血紅的布條，粗又黑的毛筆字
>
> 是過客不曾歇步觀賞
>
> ·················
>
> 史跡的是是非非，顛倒來寫
>
> 微微褪色的古畫裡
>
> 花鳥及人物
>
> ——跳出吉隆坡施捨的牢籠[18]

陳氏書院的歷史內涵在吉隆坡的都市化過程中不斷流失，連那前人遺留下來的古畫裡的花鳥人物，都企圖跳出現代建築的重重圍困。懸掛著「過客不曾歇步觀賞」的紅布招牌，「老舍茶館」其實是披著文學假面的消費空間，它如同一顆良性腫瘤附著在陳氏書院的軀體上，經由那些夜晚到此品茶聊天，不具文學修養的「衣著光鮮，肩披秀髮的男男女女」[19]，進行一壺又一壺消費的文化蠶食。由於建築空間的功能轉變，書院不再是書院，在附庸風雅的消費者杯中俗化。過度商業

---

[18] 《蕉風》第 443 期，1991 年 7/8 月號， 54 頁。

[19] 同上。

化的都市性格，在居民的消費心理及行爲模式底下，一覽無遺；首都人的文化水平遠遠落在建築物的文化內涵之後，這種消費其實是一種文化腐蝕。

這首詩有人文的關懷與嘲諷，但敘述的語氣失之平淡，缺乏一股凌厲的批判氣勢；李宗舜在詩末流露出他的無力感，作爲一個難過的旁觀者，棲身於那「碎裂飛檐的一角」[20]，在現象的流變中靜靜俯看陳氏書院本身的造化。

從陳氏書院到茨廠街，說遠其實也不遠；可它們卻是兩個迥然不同的世界，後者擄獲更多前來蹓躂的詩篇。在許裕全（1972-）的〈一個K.L.詩人和他的詩生活〉組詩裡，我們讀到茨廠街的一度興衰：

情慾的地圖
躺在十字路口切割的四個角
摺疊在旅人豐滿的口袋
一攤開，所有的嘶叫、吶喊
統統跑出來……
………………

但自從過境的流鶯，夜夜
棲宿枝頭啼叫春色
………………

整條街瀏覽著的
就數意興闌珊的眼睛

---

[20] 同上。

> 如果廉價，只能
> 像寂寞一樣背著陽光鎖在
> 暗房裡醃漬發醇
> 那麼除卻披著寂寞糖衣的人後
> 茨廠街，將
> 一無所有[21]

在許裕全的鳥瞰圖裡，茨廠街扮演著旅人眼中的 China Town 角色，彷彿它的存在全是為了豐滿旅人的口袋（以及攤販的）。這片「物慾的地圖」[22]一旦受到色情行業的入侵，警方的掃蕩勢必殃及攤販，一條繁華的街道因而沒落，只留下一幕冷清給旅人意興闌珊的眼睛。許裕全認為「廉價」本來就是茨廠街藉以存在的條件，除此之外它一無所有。

雖然過去茨廠街常被旅客的攝影機獵取，一旦發生上述的變動，它那人聲喧嘩的影像，也只能寂寞地躺在暗房裡沖晒的底片上面，成為無聲的歷史。它的生存條件是極為單薄的。許裕全走在內容貧乏的茨廠街上，一邊記述它的轉變，一邊透視它的存在本質，除卻它披著的寂寞糖衣。他的內心也同樣寂寞，但無糖衣。

針對都市中的某幾個特定且明確的地點，進行細部的描述與省思，是馬華都市詩的一大創作習慣。透過不同詩人筆下的陳氏書院與

---

[21] 《星洲日報·文藝春秋》1997 年 7 月 13 日。

[22] 許裕全在此詩第一行就急著將尚未「黃化」的茨廠街喻為「情慾的地圖」，這個比喻並不妥當；因為許裕全在第一段把它刻劃成供旅人採購的鬧市一隅，所以更精確的比喻應該是「物慾的地圖」。

茨廠街（或其他地標建築與情事節點），我們更能歸納出吉隆坡在不
同時代裡的文化變遷。上述四位詩人分別表現了他們對都市的情感與
理智，這種都市詩的創作方向，較之上一節所述者，更具有動人的逼
真的血肉肌里，其中亦隱含著詩人真誠的呼吸。

三、窺探都市人的現身情態

德國存在主義大師馬丁‧海德格（Martin Heidegger, 1884-1976）
將我們（「此在」，Dasein）對生存情境的切身感受／認識狀態，以
及狀態中「自我」（ego）的顯現，稱爲「現身情態」（Befindlichkeit）。
人在現實世界中的存在，是一種別無選擇的「沉落」（Verfallen），
我們總是被社會體制、硬體環境、工作職責、人際關係等外在環境力
量與內在意識活動重重包圍起來，無從掙脫。能穿透事物的現象層探
觸到各種存在狀態的本質，不是一件容易的事，加上特殊表現手法的
需求，所以這方面的詩作並不多見，即使僅有的那幾首，所挖掘的深
度還是差強人意。

葉明（1955-1995）在其組詩〈靜寂的聲音〉中，將都市人的生
存焦慮很精確地勾勒出來：

> 我在一張紙上寫下自己的名字，然後在它的四周畫上一個框
> 子，那名字忽然向我喊道：「讓我出去讓我出去……」我不睬
> 它，再加上一個框子，它不喊了，於是我把那些喊不出的聲音

收集起來，釀製成顏料，然後開始為它畫像……[23]

在這段散文詩裡，「我」是沉落於社會體制當中，被動地執行職務的都市人；而「名字」就是「自我」的隱喻。「我」在一張充滿無限繪畫自由的紙上重演「自我」的現身情態，「在它的四周畫上一個框子」，就等於將主體感受到的困局施加到「自我」之上，儘管它再怎麼掙扎也無從脫逃，「再加上一個框子，它不喊了」，因為它已經全然絕望。這個加上第二層框子的「我」，不僅僅是沉落於社會體制當中的「我」，而是社會體制自身。最後個體的「我」把內心種種渴望的聲音轉變成無聲的顏料，追悼失去的「自我」。葉明以毫無情緒波動的敘述語言，把所有的無奈、掙扎和痛苦一一鎮壓下來，成為一種存在的悲劇。在這段散文詩裡，抽象的概念成功意象化，這個轉換讓散文化的語言擁有強韌的詩意象擔任龍骨，否則勢必在我們的閱讀裡瓦解成散文。

呂育陶在〈搖滾樂〉裡演練的則是一種逃逸，從這生存的框子逃亡出去之後的情境：

他試著以唱機的調聲器平衡寂寞的濕度
………………
他持著公用電話試圖把自己撥出命運的軌跡
他一口吞下整夜的酒精
拍醒唱機

稿紙 Rock 蝙蝠 Rock 酒 Rock 蘇丹 Rock

---

[23] 收入陳大為編（1995），《馬華當代詩選（1990-1994）》，台北：文史哲，頁40。

　　　　紅 Rock 白 Rock 首相 Rock

　　　　風箏 Rock 電影 Rock 畫筆 Rock 恐怖分子 Rock

　　　　藝術家 Rock 痔瘡 Rock 寂寞 Rock

　　　　上 Rock 下 Rock 哈哈 Rock

　　　　青春 Rock 暴雨 Rock？Rock , Rock, Rock[24]

然而逃逸果真就能尋獲失去的「自我」嗎？持著公用電話的「他」，
企圖藉助一些偶然的際遇，把自己撥出命運的軌跡之外，但求可以暫
時掙脫生存的囚牢；或者尋找幾片聆聽的鼓膜，最起碼讓煩惱獲得些
許的宣洩。結果「他」還是陷落於思緒的紛亂當中，所有的思維隨那
音樂 Rock 起來，模糊掉問題模糊掉答案。儘管「他」一度產生短暫
的猶豫──「青春 Rock 暴雨 Rock？」，但最終還是選擇「Rock ,Rock,
Rock」下去，讓思維與神經持續麻醉。思緒的紛亂不能徹底鬆弛緊
張肉體神經，於是「他」想參加一群身著迷彩皮膚在跳舞的老人的生
命慶典，「讓我們一起去完成這美麗城市的墮落吧！」[25]。

　　如果這首詩順勢而下，往墮落的景象鋪寫下去，勢必重陷閱讀的
雷區，無從展開更深一層的思考。所幸「他」竟然被拒絕：「抱歉，
你所謂的孤獨太年少／苦悶太／幼小……」[26]。這句話可以作兩種解
讀：（一）對每一個自以為孤獨的社會新鮮人而言，其實他所感受到
的孤獨是淺薄的，沒有歷經滄海桑田，那只不過是一些短暫的人際關
係上的挫敗；（二）對許多沒有經驗過真實且漫長的生命孤寂的詩人

---

[24] 《蕉風》第 457 期，1993 年 11/12 月號，封底內頁。

[25] 同上。

[26] 同上。

而言,冒然在詩中刻劃孤獨與墮落,往往只會淪於字面上的詞彙拼貼。

由於這個敘述上的轉折與延伸,突破了我們腦海裡的閱讀雷區,在充滿動感的語言節奏裡,成功地詮釋了某種都市人的現身情態;並且以隱含玄機的角色對話,強化了批判性,提昇了詩的意境。

呂育陶在另一首長詩〈資本主義國民宣言〉當中,對都市人的沉落有相當獨特的經營:

> 這以存款和資產虛擬的一生
>
> 無非是個充滿機運與賽事的夢境
>
> 你活在一張巨幅的百萬富翁遊戲紙卡裡
>
> ‧‧‧‧‧‧‧‧‧‧‧‧‧‧‧‧‧‧‧
>
> 任由資本主義的骰子
>
> 帶領你
>
> 收購車站、興建酒店[27]

這首詩的視野在整個虛擬的資本主義國度中鋪展開來,從執政黨、勞工市場、綜合指數、資金流動、信用卡、股息花紅到全球貿易,在滔滔不絕、令人目不暇給的宣言中,可謂包羅資本主義之萬象,而全詩寫得最具論述價值的是上述所引的片段。文本中的「你」——資本主義國民——即是廣大白領階層的生命縮影,而貫穿全詩的是一種宿命論的生命觀。「你」不由自主的沉落在這幅遊戲紙卡(資本主義社會)當中,窮盡一生的努力,不過是以存款和資產來虛擬所謂的事業成就,生命本身沒有其他的非商業的意義,沒有其他的思維活動,「你」不過是一串金錢數字,它決定了生命的位階與尊榮。況且在這場以機

---

[27] 收入《馬華當代詩選(1990-1994)》,頁171。

運與賽事爲本質的夢境裡，「資本主義的骰子」才是真正的上帝，遊戲的操作者，所以「你」的生命即是一場注定的悲劇。

都市人現身情態的刻劃，是未來馬華都市詩最具迫切性的經營項目，它的可開發性遠高於被我們讀得很膩的都會亂象的述描（或複寫）。呂、葉二人在這個領域嘗試，是一個起步，我們期待將來會有更多的創作者從這個角度切入，深化馬華的都市詩。

結論、冷盤之後的期待

相對於偏重書寫獨特的鄉村叢林經驗、藍領階層生活狀況的小說，以及著重個體思緒與生命經歷的散文，馬華新詩在都市題材上的比重十分顯眼。當我們閱畢有關的詩篇，遂發現其中大部分詩作裡對都市影像的處理仍舊停留在現象的表層，真正有創見或深度的爲數不多。其中最大的關鍵在於詩人依賴感官經驗來書寫，記其所見，述其所聞，往往只能將貼在他們角膜上的都市影像，重謄／複寫到我們的角膜上；其中或許經過意象處理，或者抽象與具象的轉化。可是那些現象本身，畢竟只是現象，無法進一步觸動我們的心靈。雖然有少數的詩篇較能發人深省，同時呈現詩人一己的思維活動及其洞見，不過整體表現還是不夠理想；彷如一道由紛雜現象所引發的感官經驗、與地點糾結的都會情感、對現身情態的窺探等三者所拼成的冷盤，替將來可能發展出來的主荣（更爲深廣的都市詩），暫先暖身的冷盤。

近年來有關都市空間與消費方面的理論建設不斷推陳出新，其中

有許多觀點與分析結果，遠遠超越一般都市詩文本所展示的視野，詩人對都市的觀察變得遲鈍且膚淺，彷彿在書寫都市的是那群非純文學領域的學者。也許我們不能對新詩要求太高，但它遠遠落後於前者已是不爭的事實。

對於馬華都市詩及有關的都市影像之素描，我們是不是該期待些什麼？期待某些詩人能夠吸取、結合相關的學理分析成果，以及觀測事物的角度和方法，進而深化都市詩的創作；期待詩人們能夠強化意象語言的經營，並掙脫前驅詩人的餘蔭。我們甚至可以這麼期待：將來能透過諸多詩篇所築構而成的宏觀文本中，讀到一座擁有鮮明都市文化性格的吉隆坡，或者其他都市的動人影像。我們必須這麼期待。

蛹的橫切面

──葉明詩中的蛻變與不變

小　序

　　數十年來，馬華的文學創作一直籠罩在寫實的傳統意識底下。我們隨手翻開一部早年的馬華文學個集與選集，乃至於文學大系，就能發現其中極大部分的題材，都環繞在當地華人的生活、政教處境以及社會現況的問題上，「反映大馬社會現實」儼然是寫作的主要使命；雖然這個定義下的「現實」偏向於勞工階層的生存境況，以及所有我們可以想像出來的苦難。到了九〇年代，它仍舊在某些文學（獎）的機制中保有相當的影響力。以一九九五年的第二屆優秀青年作家獎的徵文辦法爲例：「其作品必須反映大馬社會現實，具有國家意識。」我們大可推斷出什麼樣的作品會跨過這個門檻，門檻裡面即是替詩神「淨身」的地方。

　　本來寫實並非很嚴重的問題，如果不去倡導它，任它在新世代作家的文學視野裡淡出或消逝的話。問題就出在現實題材被過度崇高化，乃至於淹沒了文學作品的其他構成因素。以詩而言，詩之所

以爲詩的主要因素，在於語言的詩質。可是九〇年代以前大部分馬
華本土的詩作都屬於嚴重散文化的、吶喊式的「僞詩」！其實那只
是一篇一篇激昂雜文的斷句。似乎沒有多少詩人意識到這個危機，
終其一生都在努力的複製著僞詩或爛詩。

在整個內容至上、不重視技巧的創作環境裡，連非關寫實的個
人感懷之作，也被散文化的語言、平鋪直敘的筆法淹沒；只有少數
幾位「6字輩」和「7字輩」[1]，以及旅台的創作者[2]，在現代詩的結
構與意象的經營、題材的多元開創、語言詩質的提昇方面，有顯著
的突破。不過這已是進入九〇年代之後的馬華詩壇。

---

[1] 以「字輩」爲世代的劃分，始於一九八三年的一部文選《黃色潛水艇》的
主題：「6字輩人物」；其後就被繼續沿用下來，凡是一九六〇～六九年
出生的文學創作者，都約定俗成地歸入6字輩。在草創之初，字輩斷代法
不具有文學史的意義，但由於各世代的後續發展，在語言風格和題材方面
逐漸形成相當的差異性，雖然偶有爭議，但絕對精確的斷代準則根本不可
能存在，所有的斷代都是「概括性」和「指標性」的，所以以「字輩」始終
是唯一受到藝文界普遍認同與使用的，且俱有濃厚地域性色彩的斷代法。
本文論及的幾位較有突破性成績的 6/7 字輩詩人是：呂育陶、蘇旗華、
夏紹華、林若隱、李敬德、邱琲鈞、趙少傑等本土出身的新生代詩人。他
們的詩風都深受台灣現代詩及後現代詩的影響，有較高的詩質和創意。

[2] 馬來西亞留學台灣的學生簡稱大馬「旅台」同學，學成歸國的稱爲「留
台」，歷來旅台／留台的新詩人包含：4字輩的陳慧樺、林綠、李有
成；5字輩的溫瑞安、傅承得；6字輩的羅正文、王祖安、陳強華、駱崇
賢、吳龍川、辛金順、林幸謙、鍾怡雯、陳大爲；7字輩的林惠洲、黃暐
勝、許裕全、陳耀宗、劉藝婉等十餘人。大部分旅台詩人已經返馬，其中
陳強華創辦了「魔鬼俱樂部」詩社，培育了邱、趙等十餘位 7 字輩新手
（小魔鬼）。

英年早逝的葉明（1955-1995），是5字輩詩人當中——除了沙禽、黃遠雄、方昂以外——唯一在整體寫作技巧和創作理念方面有大幅「躍進」的詩人。他只留下一部與李宗舜合著的詩集《風的顏色》（1995）[3]，收錄他的長短詩作五十一首，一九九七年再版時收入另一首長篇組詩。葉明的年齡讓他在選材與思考上接近中生代詩人，而他前後九年（1987-1995）的創作生涯正好跨越八〇與九〇年代，所以他的詩作當中先後存在著不同的聲音，以及語言質變的痕跡。

一九九一年以前葉明寫的大多屬於「志在寫實」的短詩，那種詩風是前行代詩人互相參考彼此的劣作，而導致的惡性循環結果，我們沒有必要花費筆墨去加以分析。本文第一個論述的焦點，是他獲得第一屆星洲日報「花蹤」文學獎佳作的〈新詩五首〉（1991），它可說是葉明詩藝演進的開端，帶有前期詩作的弊病，如時也開拓了後期詩風的路徑，這首詩飽含各種正負面的、過去與未來的訊息。

本文擬就〈新詩五首〉以降，五年內葉明發表的數首較具研讀價值的作品，從中分析出葉明在語言技巧方面的躍進，以及創作理念在其中扮演的主導角色。（故以下所有引文頁碼皆出自《風的顏色》）

---

[3] 《風的顏色》第一版在一九九五年九月卅日出版，葉明在七日後與世長辭。第二版在兩年後出版，增加了六十七頁，其中包含一首列入本文論述範圍的遺作，以及十五篇評論及紀念文字。此外，再版時校正了許多初版的疏漏，故本文以再版詩集為論據版本。

一、具體的事物，直線的敘述

第一屆星洲日報「花蹤」文學獎新詩組的上限是兩百行，對參賽者而言是一項創作心理與技藝的雙重考驗。一向以中短詩為創作主力的葉明，並沒有把自己的思維和感覺硬行膨脹，他選擇化零為整的策略。〈新詩五首〉——〈盆栽與我〉、〈店小二的話〉、〈減肥計畫〉、〈故鄉〉、〈室內植物〉——是五首彼此間沒有任何內在聯繫的詩作，因應文學獎的遊戲規則才聚集成組，在《風的顏色》裡再化整為零。這五首詩可以界定為葉明的「過渡期詩風」，也是前後期詩風的分水嶺。且以篇幅最長（六十九行）的〈室內植物〉的前兩段為例：

雨還在下著

透過玻璃，我瞥見你焦慮的眼神

你在眺望一些什麼呢？

或者在搜索一些什麼？

竟然把自己的身影

交給了凜冽的風雨

進來歇一歇吧，朋友

假如你有心

請順便攤開你的雙手

盛一點點的雨聲進來吧　　(p.38)

完全是散文的陳述語言，句與句之間沒有足夠的想像空間，字面上攤開來的即是全部的訊息。敘述主體透過一株室內植物的視角，用無奈且認命的語氣，向作為聆聽對像的「朋友」訴說身世與感受，企圖用舒緩的傾訴和親切的召喚，營造出孤寂的氛圍。可惜過慢的節奏和過於疏散的訊息密度，致使葉明的預設目標無法圓滿達成。這首詩雖然沒有吶喊，但其散文化的語言和平鋪直敘的筆法，正是位居馬華詩壇「傳統／正統」的書寫方式。

我們在〈店小二的話〉找到同樣的書寫策略：

> 客官，請把你的腳步放輕
> 你腳下踩著的
> 是一些旅人遺下的
> 鄉愁
> 我還來不及把它掃走　　（p.32）

殷乘風認為這首詩裡塑造出來的，殷勤解意的店小二，讀起來令人十分「窩心」（p.208）。整首都是店小二對客官講的話，從「客官，你舟車勞頓／辛苦了。讓我為你提那行李吧」、「就讓我為你斟滿這一杯吧」、「客官／我即要為你沏一壺龍井了」到「客官，也讓我為你捲起那一面窗簾吧」（pp.32-33），從一進門就嘮嘮叨叨，讓人感到心煩。葉明使用「客官——讓我——吧」的語氣模式貫穿全詩，旨在塑立一個「窩心」的店小二形象，可是我們讀不到客官的反應，所有單向的問候、滔滔不絕的示好，皆由讀者來承受，因而得到反效果。

從這個角度來看，它是失敗的。

在〈減肥計畫〉中，葉明透過印度、非洲的飢民來譏諷「你」
的減肥計畫，雖然還是免不了出現「你決定擇友而交／太油膩的，
不要／太肉感的，不要」（p.34），諸如此類的詩質貧乏的句子，
不過在某些段落裡流露出相當的巧思：

　　希望你把那些你所詛咒的累贅

　　丟給他們

　　讓他們把肋骨與肋骨之間的鴻溝

　　填平　（p.35）

葉明用「丟」的動作，引爆了脂肪在富貧兩者之間所蘊含的價值衝
突！這四行抽象與具象的平衡演出，雖然只是驚鴻一瞥，但其中透
露出來的意象經營策略，卻是葉明未來詩風發展的新方向。

　　也許我們用「詩如其人」的閱讀標準，來讀這時期葉明的詩
作，會另有一番感動。在沒有純熟技巧的掩護下，疾筆直書的詩
行，忍不住暴露了詩人本身的情感與人格。我們從這些詩作中讀出
他的親切、豁達性情。

　　不管怎樣，這時候的葉明已建立一個十分牢固的創作宗旨：
「言之有物」，並且是具體的事物。此外這五首詩也呈現葉明創作
的思維方式：構想一個主題，再以連續性的訊息架構起整首詩，然
後四平八穩地平鋪直敘，沒有令人摸不著頭腦的意象和跳接手法。
這種「直線的敘述」雖然易於解讀，但也表示它無法開拓讀者的想
像空間。相較於當代馬華詩壇的作品，一九九一年的葉明的詩風沒
有特殊性。

二、意象的平衡與節制

　　一九九二年十月卅一日發表在星洲日報《星洲日報‧文藝春
秋》的〈窮人的詩〉，是研讀葉明詩觀的一個關鍵，這首詩提供了
一個重大訊息：創作理念的探索過程與完成。第一段用了五行來鋪
述他如何設計一首詩的結構；這種低密度、慢拍子的詩歌語言，在
後續四年間也僅有些微的加速度；這個缺失就有賴意象的經營，方
能將之轉變成一種舒緩的音階。〈窮人的詩〉不算佳作，但它是一
個重要的創作檔案。首先，它明確紀錄／暴露了葉明的學識困境[4]：

> 我開始搜索材料
>
> 才發現到情況的拮據
>
> 掏來掏去，袋子中
>
> 只有那麼幾個零丁的字眼
>
> 還有一方進入中年的手帕
>
> 掏出來抖一抖
>
> 抖落了幾個中小學生時代撿到的
>
> 詞句　　（p.52）

無可否認，學識水平的不足確實困住葉明的文學視野，以及藝術層
次的開拓能力。他意識到本身的「窮困」──知識及詞彙方面的。
當他面對九〇年代以後大量出現在馬華詩壇的後現代詩，以及其他

---

[4] 葉明只有國中學歷（當地的國中皆以馬來文為教學媒介語），且從事非關
文教的卡車和沙石車駕駛工作。

前衛詩類的巨大衝擊，他在「城市燦爛的燈火」和「黯淡的貧民
窟」（p.53）之間思索自己的方向。最後，他在意象炫目、詞彙繽
紛得令人瞠目、且偏重於形式技巧的詩類，與簡樸平淡、沒有驚人
之筆，一味講求文以載道、明道的詩類之間，選擇了中庸的途徑：
「裡面沒有百般曲折的迴廊／沒有謎宮一樣的殿堂／沒有匠心的設
計」（p.53）。

　　誠如上一節所言者，葉明的詩一向都是具體的指涉，直線的敘
述。可同時他也考慮到一般新詩讀者的解讀困境：「為了找尋一個
出口／讓人絞盡腦汁／想斷肝腸」（p.53）。最後，他決定走一條
平實的路——在繁華意象與簡樸敘述之間保持平衡：

　　　我招待你

　　　也只能以這窮人的方式　　（p.54）

這個平衡意識，對他日後詩風的發展起了非常關鍵性的作用。

　　兩個月後（十二月），葉明寫出在一九九三年底榮獲第二屆
「花蹤」佳作的長篇組詩：〈靜寂的聲音——記生活中一些無奈的
感覺〉[5]。這首組詩讓我們彷彿讀到另一個嶄新的葉明，龐大而且嚴
謹的敘事結構，多重交疊可又渾然成一體的訊息，令人眼睛為之一
亮。

　　「靜寂的聲音」有兩重寓意：（一）現象——存在於這個世
界，但並不顯著的、很容易被忙碌的生活所淹沒的事件或現象；

---

[5] 由於文學獎委員會的牛步作業，這首詩遲至一九九四年一月才刊出（一九
　　九二年十二底截止，一九九三年十一月初揭曉），但就創作歷程的分析精
　　準度而言，筆者將之回歸到一九九二年十二月。

（二）無奈的內心感覺——面對不滿的外在現象，卻沒有能力去改變它，只能無奈地接受。

〈靜〉詩共分五節，它的敘述結構是環狀的：〔第一節〕在家裡吃早餐、閱讀早報（從閱報延伸出第一個命題：「戰爭背後的政治因素」）；──〔第二節〕上班「途經市郊」（由視覺攝入綠色環保的問題）；──〔第三節〕抵達「城市的邊緣」（環保命題深化，具體成文明對大自然的侵蝕）；──〔第四節〕進入都市的核心：工作（透過工作紀錄都市人的各種生態）；──〔第五節〕回到家中書房與寫作的現場（重新思考前四個命題乃至對現實的書寫意義）。

這個敘述的循環強烈暗示了現象的惡性循環，而葉明能做的只是：「記生活中一些無奈的感覺」（p.76）；埋藏心中的這股「靜寂的聲音」，默默控訴著眼前諸多不受世人重視的「靜寂的聲音」。

雖然戰爭命題與其餘四個命題之間，並沒有明顯交集，但作者以「記生活中一些無奈的感覺」這個隨筆性的大前提，把其中的縫隙消解掉。而詩中主體在連續時間裡的連續性空間活動，則將「五」個命題統攝成「一」天的視覺訊息。再深一層：第五個命題對前四個命題在寫作意義上的價值反省，也是一種包容。這種三層次的結構設計，讓〈靜〉詩的訊息連鎖得更嚴謹。

〈靜〉詩另一項成功因素是：意象的運用十分節制。五個章節都各有一個身負論述重任的「主意象」，簡潔有效地完成作者設預的使命。

在第一節，作者營造了一個安詳閒適的早餐場景，緩緩地拿起餐具，喝起咖啡：

> 那一分早報
>
> 忐忑不安地躺在餐桌上
>
> 我再次的把它握在手中
>
> 依然是一種燙手的感覺
>
> ──燃燒著的戰火
>
> 絲毫沒有停息的意思　（pp.76-77）

作為主意象的，一分忐忑不安地躺在餐桌上的「早報」，將新聞裡的戰火傳遞到（燙到）敘述主體的手上；分居早報內外兩端的安靜與動亂，在閱讀裡衝突起來，而主體更「沿著新聞的內容／我走進了那一個戰火的國度」（p.77）。在一幕幕立體的、時而抽象時而具象的戰地景象的遊歷之後，從「卻聽到了報紙滑落地面的聲音」（p.77）回到現實空間。作為新聞媒體的主意象「早報」，同時成為冥想的媒體。透過這種半夢幻半魔幻的情節設計，葉明在寫實手法上突破了自己。

第二節則塑造了「一片等待綠色來認領的曠野／靜靜地坐在那裡／心中猶有餘悸」（p.77），靜靜地思考其所遭遇的浩劫，然後把千瘡百孔的畫面「丟回給我」（p.78）：

> ──被飢饉燃燒過
>
> 被疾病啃噬過
>
> 一大群落盡青綠的樹木
>
> 橫著、豎著、互相依靠……
>
> 只要把一點點的憐憫擲過去

　　那些枯萎的枝椏就揮動成乞憐的雙手

　　剌向沒有雲彩的天空

　　茫然的在風裡擺盪　　（pp.78-79）

「枯萎的枝椏」似乎與非洲難民瘦骨嶙峋的生命形象鏈結在一起，
植物被提昇到等同於人的生命價值；一旦有人施予些微的憐憫，每
一株垂死的樹木都會作出最後的掙扎，宛如難民乞憐的手，那枯萎
的枝椏在空中茫然揮動。如此便把環保問題，非常形象化的顯微出
來。接著針對這片「被時代唾棄的風景」（p.79）做了一個假設—
—以最先進的相機來捕捉溫情，把一首歌帶到這裡來歌頌風景，結
果都是令人失望的。作者在「原野」主意象裡夾議夾述，一切都聚
焦在綠色命題上，沒有歧出，再度表現了作者對意象運用與塑造方
面的節制。

　　第三節也一樣，以整個被都市文明侵蝕的「大自然」為主意
象，同時它更是一個與敘述者對話的生命體；但由於主意象的自述
性高，不免有失衡現象，有時流於口號：

　　而我們始終堅守著一個原則

　　寬容、忍讓、和平共存

　　並且以落葉見證我們的心意　　（p.81）

有時沒有經過轉化，就把心靈的訊息直接投射到讀者面前：「我們
恆常沒有怨言，沒有積恨……」（p.81）而且節首處的「在我們的
心中有一首歌／從來沒有被唱過」（p.80），與節尾處的「我想我
們心中的那一首歌／唱與不唱都是一樣的了」（p.81），其中的
「歌」又沒有發揮應有的功能。這一章的表現失常，是前一種語言
風格的遺傳。主意象的選擇不當，更致命的是它成為唯一的發聲主

體,如此大篇幅的獨白不是當時的葉明所能掌握的;獨白與對話都
很依賴語言本身的魅力,這是他最脆弱的一環。很明顯的:當葉明
失去意象語言的支持,整個章節便從新起的藝術高度滑落。儘管如
此,他仍然在意象運用上保持了節制。

　　至於第四章,則足以成爲馬華都市詩的一個典範[6]。尤其第一段
的散文詩部分,更是不容錯失的佳作。跟台灣散文詩大家蘇紹連一
樣,作者使用完全散文化的語言來經營魔幻的畫面(全引):

> 我在一張紙上寫下自己的名字,然後在它的四周畫上一個框
> 子,那名字忽然向我喊道:『讓我出去讓我出去……』我不
> 睬它,再加上一個框子,它不喊了,於是我把那些喊不出的
> 聲音收集起來,釀製成顏料,然後開始為它畫像……
> 　(p.81)

都市是一個巨大的囚籠,工作空間、娛樂空間、甚至休息空間也是
一個個遞層相困的囚籠;作者將之形象化成一重又一重的框子,本
身卻分裂爲二:一個是由於長期承受生活/生存的壓力,因而企圖
掙脫現況出走的苦悶心靈,它不斷嘶喊著:「讓我出去讓我出
去……」;另一個是必須爲生活而自制壓抑的理智,逼於現實生
活,非但不能理睬心理的超脫欲望,並且還得「再加上一個框
子」,不讓它宣洩。最後更把壓抑的心聲釀製成憧憬的色彩、理想
的原料,再回過頭來悼念它(心理),替它畫下遺像。不平凡的魔

---

[6] 馬華都市詩多以現象/表象之描寫爲大宗,此詩能深入勾勒都市人的生存
　情態,十分難得。有關都市詩之論述參閱拙作〈感官與思維的冷盤——九
　〇年代馬華新詩裡的都市影像〉《國文天地》第 152 期,1998 年 01 月,
　pp.71-83。

幻畫面在平凡的散文敘述裡繃出強大的戲劇力量,非常準確且深入地刻劃了這種即矛盾卻又普遍存在的,都市人的心理狀況。這個詩節充分暗示了葉明在散文詩方面的潛能。

第四節本身擁有一個時間軸,分別以8:30am、10:30am、12:45pm、5:30pm、10:45pm等五個時間座標,紀錄了上班族的心理狀態。且以12:45pm爲例:

　　──午餐過後

　　一些名字慌慌張張地打從我身畔走過

　　正在尋找著它們的主人

　　我的名字也不在我的身邊

　　直到有人──喊──我──

　　它才飛快地

　　　向我奔來　　（p.83）

午餐過後大伙的意識,因血糖比例的變化而開始模糊,睡意在疲乏的神經中樞如雨後之春筍叢生;在這裡「名字」成了「意識」的隱喻,所有進入夢遊的名字慌慌張張地打從身邊走過,去尋找它們睡意濃厚的主人。葉明用「名字」來捕捉上班族潛在的精神疲憊,有他獨到之處;人格化的名字在驚醒的安排下,更具有令人驚喜的戲劇效果。短短七行的「午餐過後」,本身即是一首優秀的短詩。整個第四節在意象塑造與運用方面都相當突出,而且乾淨俐落,這也是葉明在新詩技巧上的一個高峰。

第五節,敘述主體回到寫作的現場,演出一齣主體與題材(聲音)之間的對手戲,並透露了葉明對反映現實的一番省思:

> 那一個晚上，我把一些醉意鎖進斗室裡，然後向它要求：
> 「給我一些寫詩的題材吧！我要參加今年的『花蹤』文學
> 獎……」剛說完，驟然風雨大作，那些曾經打從我瞳眸裡走
> 過的聲音，一一的湧到我的眼前來……　（p.85）

這是一種後設的寫法，葉明這首詩原即是參加當年「花蹤」文學獎
的作品，他在詩的開端向讀者暴露了寫作的構思過程，並言明「要
參加今年的『花蹤』文學獎」；接著所有的見聞、抱怨與迷思，洶
湧而至，於焉成詩。

　　對現實的不滿往往會轉變成一種用作品反映現實的責任，葉明
以前的詩作都有這股明顯的寫作意圖。在此，他沒有直接用譬喻或
直敘來傳達這個意念，而把它設計成一幅由聲音（題材）哀求作者
將之寫成詩的詭異畫面，但這個世界卻是「是非黑白白晝夜晚／有
時是分不清界線的」（p.86），葉明的判斷力迷失在真理與謬論的
灰色地帶，彷彿這就是人間的本質，但他內心的道德意識卻在苦苦
哀求──「它卻體會不到我的心意／一直纏繞在我身邊，苦苦哀求
／『把我們都寫成詩吧寫成詩吧……』」（p.86）。「它」在此有
兩重指涉：一是所有觸動寫作慾望的題材，一是馬華詩壇的傳統寫
作意識（也是葉明潛意識裡無可動搖的創作意識）。「我」卻用深
沉的無奈道出：

> 「我寫得完嗎？」我說
> 「如此懵懂的一個世界
> 老是一錯再錯的
> 把一段文字後的句點
> 誤置成刪節號

> 許多問題就沒完沒了
>
> ……我看大家還是回去吧！」　　(p.86)

無止盡的問題並非詩篇所能負荷的。在此，文學作品的「醒世功能」受到強烈的質疑，甚至否定，載道或明道也只是文人一廂情願的使命，只是一種徒然。這一節對瞭解葉明的創作理念的發展而言，是極爲重要的。葉明雖然看穿了文學的「功能」，道出內心的無奈與無力感，但其「言之有物」的創作理念始終不變，因爲他還是忍不住寫下這首深具社會性與批判性的長篇組詩。

〈靜寂的聲音〉是葉明在架構能力與意象運用兩方面的一次大躍進，單就這兩點而言，非但勝過首獎作品，也把許多馬華名詩人遠遠拋在後頭。短詩是靈感的捕捉，在短小的篇幅裡，作者必須處理的訊息數量、必須控制的意象密度與精確度、以及整個敘事架構的鋪展，都遠不如長詩來得具有考驗性。長詩是一種全方位的創作考驗，〈靜寂的聲音〉就是一首成功的長詩，更是當代馬華詩壇不可多得的佳作。

三、瓶頸位置的多元練習

彷彿已在〈靜寂的聲音〉一詩中，將所有的構想、技巧、才情耗盡，一九九三年沒有值得討論的作品，大都結構鬆散而且詩質略嫌粗糙。一九九四年葉明一口氣發表了很多作品，其中以組詩〈塌樓事件〉（《南洋商報‧南洋文藝》1994/01/15）和散文詩〈洗鞋記〉（《星洲日報‧文藝春秋》1994/06/21）最具討論價值；如果加

上那一首迴文詩〈錯誤〉（《星洲日報·文藝春秋》1994/04/12）和
〈隱題詩（一題二式）〉（《星洲日報·文藝春秋》1994/05/17），
則可以看出葉明在完成〈靜寂的聲音〉之後，企圖透過不同的形式
來磨練技巧和語言，希望能突破創作瓶頸。但〈錯誤〉不是成功的
作品，在迴文的形式設定之下，葉明無法建構一個完整的意境和連
貫的訊息，整首詩非但失去焦點，而且詩風又回到一九九一年的原
貌。

　　一九九四年五月發表的〈隱題詩〉是相當成功的作品。隱題詩
的負面意義是「造句」，正面功能是強迫式的「想像力練習」；可
是一般隱題詩大都停留在硬硬生生造句的層次，沒有意義。葉明非
但把它寫成「一題二式」以增加創作難度，更扣緊題目——「一杯
慶祝成年的酒還未飲盡，手上的菸已燒過了中年」——的中年心境
來發展：

　　手中一把輕佻的日子

　　上了年紀以後，竟成了心怯

　　的江湖

　　煙雨迷濛；歲月

　　已不在我的仰望中了；倘若黃昏　　（p.88）

因爲增加了家庭生計等人生必須面對的責任與負擔，初生之虎眼中
的「日子」，由單純的內容，轉變成令人「心怯的江湖」。透過一
支年少時也曾抽過的菸，道盡了人生的無常與滄桑。而且式一與式
二的構句與構境都十分自然，不著造句的斧痕，非常難得。但就各
方面的成績都沒有超越〈靜寂的聲音〉。

　　不過那首針對雪蘭莪地區死傷嚴重的「淡江公寓」倒塌意外，有感而寫的〈塌樓事件〉，信手拈來卻成了令人動容的佳作。這首組詩雖然分三節，但每節四行，一共只有十二行，很短，卻有一種舉重若輕的巧妙感覺。

　　葉明置身於受災戶的悲慟立場，但不正面迎戰「死亡」這易寫難工的主題，他用輕鬆的自白性語言來陳述沉重的災情，面對記者不識時務的訪問時，他說：「我的心情／還被埋在裡面／猶未出土」（《南洋文藝1994詩年選》，p.6）[7]，而社會大眾圍在電視機前關切（或看熱鬧）的新聞事件，即是家破人亡的敘述者「從廢墟裡撿回來的故事」（p.6），當事者的心境由此一語道盡。到了第三節，他用幽默的語氣埋怨倒塌的公寓：

> 每一個人辭職
> 都會預先寫一封通知書
> 我實在不喜歡
> 這一座公寓辭職的方式……　　（p.7）

「辭職」的巧思讓這首生靈塗炭的社會詩，產生微妙的變化，強化了整體的閱讀感，恢諧與悲慟相互激盪在字裡行間。這種小品式的筆法，竟能有效承載起沉重的意外事件，看來恢諧果真是寫實的一道良策。在葉明諸多寫實的詩作當中，唯有此詩的語言和策略運用得最為精彩、貼切。

---

[7] 此詩有兩個版本，本論文採用的原版，收入在王錦發、陳和錦編（1995），《三十三萬個理由——南洋文藝 1994 詩年選》，吉隆坡：南洋商報社，頁 6-7。此詩引文之頁碼，當以詩選為據。

　　到了五、六月間，葉明陸續發表了〈洗鞋記〉、〈掌聲〉、〈婚姻〉、〈謠言〉、〈情〉、〈誤會〉、〈非法木屋〉、〈貧民窟〉等多首散文詩。這批散文詩的開端大都運用同一種手法：

　　　　一脈久別重逢的景色，居然對我彬彬有禮起來了。　　（〈誤
　　　　會〉，p.124）

　　　　那一座城市尷尬地喊了一聲。　　（〈非法木屋〉，p.126）

　　　　一群掌聲，被豪邁不羈的手拍得到處飛揚，有些呼嘯而去；
　　　　有些款款迂迴；　　（〈掌聲〉，p.129）

　　　　那一個女人，把她的婚姻從十七樓扔下來，在冷冷的地上碎
　　　　成一個無法挽救的局面。　　（〈婚姻〉，p.119）

將景與物，乃至抽象的事件徹底擬人化，構成散文詩在第一線閱讀上的藝術張力，高高地拉拔起我們的閱讀期待。其中最令人激賞的是〈洗鞋記〉，詩的開始已預告了詭奇的後續發展：「一雙鞋子嗷嗷待哺地看著我」（p.128）。鞋子被塑造成一個與主體對話的角色（主意象），同時也成為生命歷程的代碼。葉明用散文式的陳述語言，舒緩且平靜地洗鞋。而身為詩中要角的鞋子，其相應動作刻劃得十分細膩：「那一雙鞋子怕我心酸，正趕快的把那些景象一個一個的捽破」、「再用刷子拼命的刷，它們就拼命的吐」（p.128）。三次刷洗（對生命的反省與展望）過程中所產生的「灰色的昨天」、「沒有顏色的今天」、「透明的泡沫（明天）」裡，「都伸

延著一條看不見盡頭的路」（p.128），整個生命都是茫然且灰黯的。

其實這雙鞋子才是真正的我，而前六段裡的「我」只是一具不斷在運作（洗鞋）的機器，「我」的內在生命記憶與際遇已完全抽離，並注入鞋子的角色當中。最後兩段的「我」才漸漸復位。

整首詩都在同一個鏡頭（畫面）裡，平靜地處理著暗湧的思緒，非常詩化的畫面處理彌補了語言的散文化，再經過主客易位的轉換，洗鞋過程提昇到另一個層次；這種抽象與具象的平衡，是這首散文詩的藝術價值就在。

馬華的散文詩創作一向乏人問津，偶爾見報的作品都不甚理想，不但語言百分之百散文化，更不重視意象和敘述結構等方面的經營。大體而言，葉明的散文詩都具有一定的創意與詩質，整體水平更在他人之上。即使用最保守的角度來評價葉明的散文詩，任何人都無法否認〈洗鞋記〉是一九九〇年以來，馬華最優秀的散文詩。

馬華文壇一向缺乏評論（直到近兩三年才略有成績），除了一些印象式的讚美之辭，作家很難獲得嚴厲的、純學術的評鑑，導至某些創作上的陋習與盲點，周而復始的在歲月中輪轉，悄悄地摧殘一篇又一篇的詩文。在葉明身前的創作生涯當中，不曾有人進行過嚴謹而苛刻的評論，一直都是他自己在默默摸索。從隱題詩、迴文詩到散文詩，我們看到葉明的創作自覺與努力，儘管差強人意，但如此多元的創作嘗試，對他的成長是極其必要的。

四、擺在左邊的沉思

一九九五年的上半年，葉明一共發表了四首不同類型的作品：
〈情事５帖〉（《星洲日報·文藝春秋》1995/02/28）、〈城市速
寫〉（《星洲日報·文藝春秋》1995/05/27）、〈大選前夕〉（《星
洲日報·文藝春秋》1995/05/09）及其續篇〈大選過後〉（《南洋商
報·南洋文藝》1995/05/23）。這四首詩顯然是在執行葉明在題材上
的開拓工作，並透過不同題材的創作來改進語言，整體而言並不理
想，它們不約而同的出現語言詩質的淡化現象，譬如：

先把時間推上去
再把心情推上去
然後把公事包高高舉起
也把今天要發的牢騷
統統推上去 （〈城市速寫〉，p.114）

小說，散文，詩
選誰？ （〈大選前夕〉，p.109）

要說的已經說過了
要喊的已經喊過了
要甜的要酸的
也甜過也酸過了 （〈大選過後〉，p.111）

燦爛的陽光中

我何忍告訴你

我是錯置在你生命中的一個雨季 （〈情事 5 帖〉，p.97）

這幾首詩的表現令人費解，究竟是什麼原故令葉明從一個剛剛攀上的高峰滑落？是過度貼近社會現實，急於操刀剖析令人髮指的弊端？幾首詩的問題出在：口語增加，意象減少，而且置身於事件當中，失去一個即能觀照又能節制的敘述高度。社會現實題材的書寫不易爲，雖然在〈塌樓事件〉中有突出的表現，但整體而言口語的運用非葉明所長；用口語入詩是一種極高難度的技術，整首詩的成敗全繫於語言的魅力。他大膽迎擊自己的弱點，雖然成績不理想，但這是一種必須。

跟這批有氣無力（有浩然之正氣，但無駕詩馭句之力）的詩作同期的，是一首長達一百六十行的組詩〈擺在社會左邊的沉思〉。這是葉明參加二月底截稿的第三屆星洲日報「花蹤」文學獎的作品，就其發表時間而言，算是葉明的遺作（但並非最後的創作稿），它後來收錄在《風的顏色》（1997）第二版的增訂頁內。

這首組詩除了「序」和「後記」之外，細分爲十二小節，分別鎖定——流浪漢、乞丐、瘋子、販毒者、吸毒者、偷渡客（非法移民）、妓女、失蹤少女、情婦、扒手、小偷、老千——等十二種負面的人物角色。「左邊」顯然是左道旁門的含意，但情婦是男女關係中的一環，瘋子是病理上的精神狀態，似乎不宜與其他角色歸成同一類；此外，葉明也沒有清楚交代失蹤少女的主動或被動因素，難免會造成這輯組詩的先天缺陷。這種缺陷的產生，一半是構思層

面的問題，一半是強烈的社會批判意識過度主導了創作意圖和自
省：

> 我在社會的左邊擺下了蒼茫的沉思
>
> 我開始為那些晃動著的人物畫像
> 我為他們的聲音塗上顏色　（p.232）

在整輯組詩的結構方面，葉明的構想是用一張以夜晚為背景的巨大
畫布，把十二種設定的人物畫進來，透過他們的生存境況的描述，
拼貼出社會上另一個無人關心的黑暗地帶。我們且抽取最短的兩組
（僅六行），進行分析：

> 人生的哲理深奧如井
> 懂與不懂
> 都得投下幾塊石頭
> 聽它幾聲回響
>
> ——他老是有這種感覺
> 他就是落井下石的那一塊石頭　（pp.234-235）

這組首題名為〈販毒者〉，葉明將毒販的行為抽象化，透過「落井
下石」的成語來演繹這種人的心理。「他」的內心雖然有一股隱約
的罪惡感，但基於對生命的不了解，以及個人利益的考量，他還是
「投下幾塊石頭」。整組詩保持良好的喻象狀態，撐起近乎白話的
語言，方能如落井之石迴盪著兩分餘音。另一首〈小偷〉則稍嫌失
衡：

> 攀越過黃昏

> 他悄悄地潛到夜的深處
>
> 在一幢掛滿驚歎號的豪宅裡
>
> 翻箱倒篋，盡情搜索
>
> 最後，他終於在一間玩具儲藏室中
>
> 找到了一串童年的歲月　　（p.239）

同樣的策略，但此詩的敘述就太過直線，缺少情境的變化或者跳接。葉明原來的題旨十分淺顯，一個小偷很偶然的找到玩具儲藏室內的玩具，勾起他童年純真的回憶，兩種行為心理在此形成對比與對峙。如果將「玩具儲藏室」一句刪除，可以讓這首詩獲得更大的詮釋空間，便可直剖小偷的內心世界，把童年物資上的貧乏和豪宅內的驚歎號直接聯繫起來。

儘管葉明花了很大的力氣去一一描繪，但這十二組詩缺乏環環相扣的內在聯繫，而且在意象形塑與運用、語言的精煉度與靈活度等各方面，都沒有超越〈靜寂的聲音〉，至於敘述結構更不用說了。究竟是什麼因素致使〈靜〉詩之後的葉明停滯不前？我們或許可以借用葉明的一段陳述來解釋這個疑問：

> 我也發現到
>
> 被我移植在畫布裡的夜色
>
> 左邊的也比右邊的沉重了一些
>
>
>
> ——許多聲音都傾向一邊了
>
> 一些顏色也蠢蠢欲動　　（p.240）

在社會「左邊」的種種存在現象，令葉明感到不平與不安，所以他在一九九五年寫的詩作都離不開現實社會，甚至把創作的焦點完全

移轉到這方面的題材上。倘若將葉明的創作思維粗分成「左邊」和「右邊」，前者是題材／內容的思考，後者是語言技巧的錘煉意識；很不幸的，在他的創作意圖裡，「左邊的也比右邊的沉重了一些」。這個「前創作」的先天失衡，自然影響到作品中二者的經營與表現，所以葉明一直無法突破由〈靜寂的聲音〉構成的創作屏障。

小　結

　　從〈新詩五首〉（1991）到〈靜寂的聲音〉（1992），葉明逐步擺脫當代馬華詩壇的種種寫作意識與陋習，且在架構能力上攀爬到一個高度，意象運用方面也有顯著的成長。其語言雖然略嫌散文化、缺乏節奏感、也不夠精煉，但仍然可以發現他在這方面的努力與大幅度的躍進。可是從〈靜寂的聲音〉到〈擺在社會左邊的沉思〉（1995），太過強烈的社會批判意識驅使著他的詩筆，在不斷逼近社會題材的同時，也不斷流失他辛苦建立起來的藝術特質。

　　從《風的顏色》中的詩篇可以看出，葉明仍處於一種向更高的藝術層次晉昇的閉關修練階段，宛如蛻變中的巨蛹。可惜的是葉明最後一次苦心經營的長篇組詩〈擺在社會左邊的沉思〉，卻無法在上述所論及的各種寫作技巧的開拓基礎上，有突破性的表現。這個蛹終究未能破繭而出，也再沒有機會了。當我們將之橫切開來，仍然可以讀到一個努力蛻變的詩靈，以及他不變的反映／批判社會的信念。在這片貧瘠的詩國土地上，更顯其珍貴。

【引文書目】：

葉　明、李宗舜合著（1997，再版），《風的顏色》，馬六甲：凡人創作坊。

王錦發、陳和錦編（1995），《三十三萬個理由——南洋文藝1994詩年選》，吉隆坡：南洋商報社。

【卷 四】
亞洲中文現代詩

謄寫屈原

（中國大陸、港澳、台灣、泰華、菲華、馬華、新華）

謄寫屈原

——管窺亞洲中文現代詩的屈原主題

小序：往南，沿著漢文化的緯度搜尋

　　在諸多中國傳統節日當中，「端午」是個異數。它不像中秋和七夕由虛構的神話支撐著節慶的文化內涵；它擁有一個非常具體的，悲劇性的人物形象——屈原；而且屈原透過《楚辭》多層次地記錄了內心的悲慟和無力感，再加上殉國的情操，更能誘發無數文人的憑弔。這累積了千百年的感嘆，不但讓屈原的精神和語彙，在古典詩詞和駢散文章裡繁衍成一個重要的主題，他那被高度標榜的愛國情操，結合了文學（吟詩）、食品（粽子）、活動（龍舟）、習俗（艾草、菖蒲）、地景（汨羅江）等五大元素，構成一個文化涵蓋面很廣的節日。

　　後人對屈原的悼念，一如中國詩人葉慶瑞〈五月的汨羅江〉中描述的：「那麼縱身一跳／江水便濺濕了幾千年／難怪　中國每一個五月／都是悶心的雨季／…………／自此　汨羅江／成為中國支流最多的河」（葉慶瑞，1996/01：12）。是的，每個五月都在不同的文人掌中悶燒著不同的高溫，而這一則投江殉國的事蹟不但讓中國百姓憑

弔了兩千多年，更隨著清末民初的移民潮，像無數的支流分布到南洋各地，流進所有漢人離鄉的血脈，成爲一個大規模的節日，並且保存著非常完整的節慶內容。如果我們要從當代亞洲各地區的中文現代詩中，找出一個最具普遍性、最能透視當地文化語境的主題，那一定非「屈原」莫屬。

這麼一個龐大的主題學（thematology）課題，限於篇幅，本文的論述範圍不得不縮小到七〇及九〇年代，以這三十年間亞洲各地區的中文現代詩爲對象；主要集中在中國大陸、港澳、台灣、泰國、菲律賓、馬來西亞、新加坡等七個區域；這一百一十一首詩（包含印尼存而不論的兩首）所呈現的當然不會是全貌，但它們畢竟是從數百部詩集、詩選、詩刊和副刊中蒐集得來，有一定的代表性。本文無法逐一論述，只能「管窺」其中較明顯的跡象，作爲亞洲中文現代詩的一個初步探研。

爲了有條理地爬梳「屈原形象／端午主題」在各地區的創作取向，本文擬用母題（motif）分析來分軸架設此一繁複的論述。母題是故事中最小的元素，它具有延續傳統的力量；所以我們按照屈原的事蹟，以及各地端午詩歌的關懷層面（「括弧」起一些無法歸納的零星思緒），大致可分爲以下四個母題（及其概括性的內涵）：

（一） 流放母題——主要刻劃屈原投江前的內心世界，兼及敘事主體本身的主觀感慨；至於投江殉國的描述，只佔情節的一環。

（二） 殉國母題——以憑弔和頌揚爲主調，包括涉江、投江的形象描寫，尤其著重殉國情操的思辯。

（三）　召魂母題——敍述主體對屈原詩魂的感性召喚，進而膨脹屈
　　　　　　　原的文學及文化價值；屈原在這類母題中，往
　　　　　　　往成為高度同質性的符號。

（四）　節慶母題——由龍舟競渡，粽子價值，詩人吟誦盛會等意象
　　　　　　　叢／元素組成；敍述或批判的焦點往往是由節
　　　　　　　日活動所引發的文化現象。

借助以上四個母題，我們較能清楚地掌握各區域對「屈原」的「謄寫」
狀況。「謄」指的是侷限在傳統認知和價值觀裡的一種典型化摹寫，
「寫」則是作者主體情感的抒發或素材的再創造。

　　最後要說明的是：本文即將論述的端午詩歌，大部分都有一個共
同點——語言清晰、題旨簡單明瞭，不需要太費筆墨去解說或詮釋。
所以本文盡可能在有限的篇幅內，徵引最多的詩例來展現各國詩人的
創作面貌，在主觀論述之外保留一些讓讀者自行判讀的詮釋空間；同
時扣緊當地的文化或政治語境，展開各文本的策略閱讀。

　　本文將分七節[1]，沿著漢文化的緯度，由北往南，逐一搜尋屈原
在中文詩歌中的身影。

一、中國大陸：近距離的文化共振

　　在真正了解中國詩壇的屈原書寫現象之前，我們很自然去假設中

---

[1] 本文僅有的兩首印華端午詩歌，由於無法獨立成節，又無從合併，唯有存
　而不論。

國詩人在這麼接近殉國事蹟的震央，他們內心的共振幅度一定十分巨
大。好比海外華僑踏上長城時的激動。其實剛好相反，在這片堆積著
太多歷史事跡的土地，詩人們早已培養出一種習以爲常的冷靜，他們
在汨羅事件的振盪中，選擇了相對理性的敘述。

　　〈燭光裡看屈原〉披露了詩人進入屈原內心世界的第一個途徑：

　　　整個世界此刻都圍了過來

　　　靜聽你的《天問》　　（李偉新，1996/05：35）

屈原留下的不朽詩篇才是後世文人心中最大的震央。從〈天問〉我們
清楚聽到宛如驚濤駭浪的情感，聽完那一百七十幾個詰問，好像我們
才是那被問得無言以對的蒼天。所以每一雙準備書寫屈原的眼睛，都
聚焦在〈天問〉、〈九歌〉、〈離騷〉等詩篇上面，深入地去了解他的家
國情感，而不是用單薄的「愛國」一詞來頂替。

　　賈桐樹的〈懷念屈子〉展示了對《楚辭》的進一步讀法。此詩分
四節：【一‧涉江】、【二‧流放】、【三‧哀郢】、【四‧懷沙】，〈涉江〉、
〈哀郢〉、〈懷沙〉都是《楚辭》裡的篇名。賈桐樹將屈原被放逐的心
境細分成四個境界，逐層展開從「流放母題」到「殉國母題」的情節
敘述。於是我們讀到一種非常典型的觀點：

　　　此刻，我正徜徉在一部《楚辭》裡

　　　掩卷深思後的夢想是你涉江的樣子，屈子

　　　在你寬大的袖袍上我看見清風

　　　在你的眼裡，我看見橘的光輝　　（中國作協編，1998：160）

冷靜的主體情感從《楚辭》的閱讀，揣摩出屈原高風亮節的刻板形象。
詩中更充斥著——「我在孤獨地讀你燃燒的橘頌」（161）、「我感到一
些文字在艱難地控訴著生命」（161），「沒有什麼滋味比亡國的滋味更

讓你窒息」（163）、「陰暗的笑聲已把歷史引進了血腥深處」（163）—
—悲壯且苦澀的感慨與共鳴；屈原作品中的怨憤和哀慟，非常強勢地
主導著後世詩人的思維活動，所有的情節推演都夾帶一股懷才不遇的
不平，「楚辭」、「九歌」、「天問」也成了詩中常用的符號或象徵。至
於屈原在詩人心目中的崇高地位，劉登翰的〈端午〉一詩足以說明：

> 一次希望的競渡
>
> 一個民族靈魂的象徵
>
> 每年太陽最美麗的這個時辰
>
> 他都走來，自水底
>
> 為離騷的傳人怎樣把痛苦
>
> 復活成東方神秘嚮往中
>
> 因困厄而騰飛的
>
> 　最歡樂的
>
> 　　龍　（劉登翰，1989/04：36）

劉登翰誇大了屈原的文化象徵和殉國價值，將之高舉為「一個民族靈
魂的象徵」，而所有的漢人都成了楚文化「離騷的傳人」，屈原的殉國
精神即是漢民族從困厄中超脫的原動力！從這些過譽的評價和牽強
的邏輯，可以看出詩人高漲的崇拜意識，如何漂浮起了屈原的文化地
位；正是這種無意識的書寫情緒，使得屈原的人格和情操能夠傳誦千
古，也使之僵化在文章與詩詞之間，刻板地復活，反覆地謄寫。

　　除了上述幾種不具思辨性和創意的典型書寫，我們在新詩潮詩人
群中，發現了較深沉的聲音。新詩潮詩人一直有高度的自覺，和一股
捨我其誰的英雄氣慨。他們一旦選擇了「屈原」這個素材，就不會按
照原來的敘事脈絡來鋪陳，勢必展現另一種神采。

　　肖馳（1952-）在他的組詩〈詩人‧歷史‧傳說〉的第一節【一、汨羅江】當中，企圖從主體的感懷來詮釋屈原投江的心理狀態。他用第一人稱來陳述殉國的心理：

　　　　我走進江河　平靜得

　　　　像黯然沉落的太陽

　　　　痛苦的心靈浸泡在江水裡

　　　　水面上金光閃爍

　　　　像一堆破碎的沉思　　（老木編，1985：471）

這是一次「殉國母題」的成功操作。在我們的僵硬的期待視野之外，肖馳取消了充滿殉國激情的投江動作，將屈原巨大的絕望緊緊收斂起來，用一種不必言說的「平靜」，把情節一步一步推向終點。「水面上金光閃爍」的是屈原留給我們的沉思，因為殉難的情操而令人感到炫目，可是對楚國卻毫無助益；這個投江動作縱然成為忠臣死諫的典範，對每一個昏庸的朝代而言，死諫不過是添上一圈感人的漣漪。可這「一堆破碎的沉思」，並沒有隨屈原的沒頂而消散：

　　　　我是詩人

　　　　從黑暗

　　　　跳進一杯烈酒

　　　　一泓溶溶的月明

　　　　我沒有死　夜夜

　　　　從青山背後冉冉昇起　　（同上：472-473）

敘述主體本身的情感在第二節【二、月亮】裡，稍稍揚起敘述的情緒。新詩潮詩人皆認為詩人對時代有不可推卸的責任，於是「肖馳／詩人／屈原」——三位一體的治世宏願，即成了文本中那一泓倒映在江上

的明月，要「以自由的靈魂　晶瑩的詩／潤濕著黑鬱鬱的山谷和森林
／洗滌著夢魘和愁苦」（473）。這種情懷無須借助《楚辭》的意象或
詩句，便能感受到詩人共有的精神力量；正如詩末所言：「我是詩人
／是獻給人間的光明」（473）。這種「詩人共同體」為敘述視野的書
寫技巧，我們姑且名之為「大抒情筆法」。

　　另一首用大抒情筆法來操作「殉國母題」的佳作，是駱耕野
（1951-）寫於一九八三年的〈沉船〉。他在楔子部分引了屈原的詩句
──「誠既勇兮又以武，終剛強兮不可凌。身既死兮神以靈，魂魄毅
兮為鬼雄。」可他沒有把屈原歸還給汨羅江，他選擇海洋，表面上看
來毫不相干的海洋：

　　　英雄生前
　　　為什麼總是寂寞
　　　船　沉沒了
　　　泡沫、嘆息和追懷
　　　才從海面泛起　化成霧氣
　　　在風中微微顫動
　　　這風暴　足夠用來呼救
　　　他沒有呼救
　　　這海洋　足夠用來哭泣
　　　他沒有哭泣　　（謝冕、唐曉渡主編，1993：267）

「沉船」是投江的隱喻；從「江水」變成「海洋」，即是從「個案」
擴大到「普遍的歷史現象」。「英雄寂寞」是作者的著眼點，歷朝以來
多少英雄死在奸臣與昏君手下，世人總是在事後才不斷追懷不斷嘆
息，然後「化成霧氣」，在下次殉難時再來追懷再來嘆息。其實，駱

耕野是在嘆息世人的嘆息。英雄沒有呼救，因爲沒有人敢伸出援手；英雄也沒有哭泣，因爲不會有共鳴。這首七十餘行的長詩，經由作者心中那股難以名狀的悲慟，驚濤駭浪地鋪展開來——「大海青灰色的獅鬃，被風暴撕碎」（268），所有的「悲哀／在蚌貝中磨礪成詩句」（269）——任何人都可以讀出一顆新詩潮詩人的典型心靈。也許我們可以將之視爲「屈原情操」的某種「謄寫」——其中有情感的謄抄，也有思緒的撰寫；主體的聲音由始至終，都能牢牢主導著整個抒情架構和歷史情境，實有其動人之處。

一九八二年，任洪淵（1937-）寫於湖北省秭歸縣的〈秭歸屈原墓〉，有一股近似北島〈回答〉的氣勢和筆法[2]，但也可以歸類成大抒情筆法。此詩共五個段落，段首都是一句「我不信」：

> 我不信
> 那上下求索的腳步，最終
> 　　就走到這裡停在這裡
> ．．．．．．．．．．
> 我不信
> 那對天發出的一連一百七十多問
> 　　就這樣被一堆泥土填滿
> 地上給他的最後回答和最後一問
> 竟是這一座問也無聲的墳　　（任洪淵，1993：113）

屈原的詩才、思想與情操會不會因身亡而終止？區區一座秭歸古墓能

---

2 北島此詩有「我不相信天是藍的；／我不相信雷的回聲；／我不相信夢是假的；／我不相信死無報應。」等句，詩中他更表現出對整個現實世界（尤其政治環境）充滿不能釋懷的疑慮。

不能埋住他的光芒？在任洪淵眼裡是絕對不可能的。這首詩用「負負得正」的邏輯來操作，作者始終不相信時間會終結屈原的精神價值，從他的評議，從他潛伏在語言中的情緒，我們得知他深深肯定了屈原身後的影響力，以及「殉國」的壯舉。我們可以這麼說，任洪淵對「殉國母題」的處理，固然在情感和視野上是保守的，但他那獨特的，「負負得正」的迂迴論述，讓這首詩產生強大的感染力。

新詩潮詩人大都採取移情的觀點和筆法，從正面肯定了屈原的殉難。可是後新詩潮詩人傾向於消解歷史，他們反文化、反英雄、拒絕深度而趨向平面感；他們更將詩的焦點轉移到生活和語言方面，非但不再書寫沉重且宏大的歷史文化題材，甚至將它加以戲謔、調侃一番。所以梁曉明（1963-）就不會像上述詩人那般安分地謄寫屈原，他在〈和屈原聊天〉一詩，有跟朦朧詩截然不同的後朦朧手筆：

> 憤怒培養你成為一個詩人
> 就像泥土哺育了花朵
> 最後你卻被憤怒消滅
> 憤怒沒有人看得起
> 可你卻像一面旗幟
> 被人接過來
> ⋯⋯⋯⋯⋯
> 你看，我這首詩都是用傳統的
> 手法寫成的
> 為了能和你聊一個晚上　　（《創世紀》，92/01：76）

偉大的愛國情操在梁曉明筆下竟成了「憤怒」，他認為憤怒是詩人的本質之一，屈原的投江亦是因為憤怒使然。這種不夠理性的憤怒（及

甚後果），是「沒有人看得起」的，因為與事無補，楚國最後還是亡國了，對屈原來說是一種徹底的貶損。可屈原卻被後人當作一個偉大的符號來傳遞，作者很不能接受，於是寫了一首宣稱是「用傳統的手法寫成的」後設詩歌，站在更高的思想位置跟屈原聊天，把屈原狠狠地調侃了一番，所以「最後屈原也把我趕走」（76）。

　　然而梁曉明獨一無二的詩學視野，是怎麼也趕不走的。「殉國母題」發展到這裡，首次出現了負面的內涵。大膽的批判與反省，對這一位被後人過度膨脹的殉國詩人（或者所謂的端午主題）而言，反而是一件創舉。

　　大體而言，上述幾首以「殉國母題」為重心的詩作，都把屈原置於「對話」或「對立」的天秤上，呈現了【詩人主體意識←→屈原殉國價值】的深層結構。我們從新詩潮詩人主客相融的「大抒情筆法」，讀到他們詮釋的屈原性格和自我期許，其中有膽有寫；而後新詩潮詩人那種對立，具有高度理性批判的「大消解筆法」，則展示了十分尖銳的大眾文化視野，以及他對前驅詩人在屈原形象膽寫上的突破。可惜這個必須化腐朽為神奇的題材，在後朦朧詩裡並不多見。至於九〇年代以後的幾首，則是諸多端午詩歌的書寫典型。中國作為屈原主題的震央，它所展現的膽寫面向並不如預期中的多元化，反而高度集中在「殉國母題」的範疇內。而且相對於龐大的搜尋面積，它可說是一個低比例的共振。也許是這片土地的歷史太厚，遺產太多，屈原主題只是詩人們眾多文化素材中的一個。

二、港澳：神格化以及空洞的招魂

香港是一個被俗文學嚴重侵蝕的殖民地文壇，純文學的生存空間相對狹小，這裡不曾有過大規模的詩潮變革；同為殖民地的澳門則是因人口稀少而發不出灼熱的光芒。但面對這麼一個重要節日，詩人們還是寫下許多應景之作。一九七八年，第七十三期的《詩風‧屈原專號》便是最具代表性的專輯。這個專號共有十二首詩，它們有高度的同質性，或者說他們對屈原的情感可以構成一個閱讀傳統，一個制式化的正統。正由於它的封閉性，這個正統對俗文化才具有高度的抗滲透力。

王廣田的〈五月頌〉是「招魂母題」最粗糙的示範。詩人用他近乎吶喊的語調，把屈原安置在「偉大」的位置：「啊，五月的水／流著我們偉大的詩魂／濺起中華民族的浪花」（王廣田，1978：10）；不止如此，他更希望「屈原，魂兮歸來／為我們這代喚醒濁世／為我們這代互耀光輝／讓光榮屬於五月／讓五月屬於屈原／和他永恆的詩篇」（10）。我們可以從上述引文讀出王廣田熱烈的情感如何削平了創意，這裡沒有人文思想的深度，只有膚淺的敘述結構：【偉大詩魂＋永恆詩篇＋魂兮歸來＝招魂母題】之謄寫模式。

沿著「招魂母題」的餘威，我們在秦羈（1958-）的〈望屈潭〉中讀到被過度「偉大化」的屈原：「向湮遠處，尋覓／　底魂鬱鬱冷冷／是飄渺的仙樂／久久。久久／不散是徊徘、朵朵／是夏夜的回憶」（秦羈，1978：11）。經過神格化的屈原，讓這首憑弔之作顯得十分矯情，加上失焦的陳述，以及零散單薄的語詞，作者的情感於是變得十分空洞，尤其用生澀的文言來結尾更足以說明──「有余默投黑潤

以弔／屈原」（11）。應景之作往往僞裝不出真實的情感，黃國彬
（1946-）的〈過汨羅江〉重新演練了〈漁夫〉文中的「眾人皆醉我
獨醒」的想法：

> 你聽到郢都百姓的飲泣
>
> 比一切聲音都要響亮。
>
> 你走入薄暮，
>
> 雷電中呼喚九天。
>
> 洶洶的江聲千里不絕
>
> 只有你一對耳朵在聆聽。　　（黃國彬，1978：15）

因爲唯他獨醒，所以唯有他在聆聽百姓的飲泣。不管黃國彬花費多少
意象去豐富屈原的獨醒，終究還是籠罩在固有的詮釋軌跡之內。

迅清（1961-）的〈屈原投江〉透過【河伯的聲音】、【風的聲音】、
【石的聲音】、【屈原的聲音】四個角度來陳述屈原投江的觀感。在河
伯眼中看到我們無比熟悉的屈原形象，照例是「立於江畔」，而且「披
頭散髮」的「三閭大夫」，投江是情節發展的必然，不過：

> 你投江的一刻，我知道
>
> 馮夷退隱，你乃為汨羅水神　　（迅清，1978：5）

眾所周知，「殉國母題」最極致的發展便是神格化，「汨羅水神」是其
中一種法相，「詩神／詩魂／國魂」是更普遍的諡號。在同一輯的詩
作當中，余光中（1928-）的〈漂給屈原〉[3]有「千年的水鬼唯你成江
神」（余光中，1978：2）之句；此外，香港詩人譚帝森（1934-）的
〈悼屈原〉有「注滿永不泯滅的國魂」（譚帝森，1997：182），澳門

---

[3] 此專輯刊出時，余光中正在香港教書，所以本文就作品的發表地及作者的
居住地爲據，將之歸入港澳部分。

詩人雲力（1946-）的〈龍舟水〉有「招不回流去的詩魂」（鄭煒明編，1996：157），另一位澳門詩人淘空了（1943-）的〈魂兮歸來吧！屈原〉則作「詩神」（淘空了，1995：118）。從詩人們對屈原的尊稱，我們可以明顯讀出他們的崇敬心理。然而，承此而來的是百招不厭的「招魂母題」。且以〈魂兮歸來吧！屈原〉一詩為例：

> 魂兮歸來吧　左徒大夫
>
> …………
>
> 魂兮歸來吧　詩神
>
> …………
>
> 詩人　我們的阿波羅
>
> 魂兮歸來吧　歸來吧
>
> 你那過甚負荷的心舟該鬆解吧　（淘空了，1995：118-119）

「魂兮歸來」是典型的招魂口號，往往成為一首招魂詩的主調，繫聯起各段落的語詞。光是《詩風》一輯詩作，就有秀實〈魂兮歸來〉的「魂兮歸來」（1978：9），王廣田〈五月頌〉的「屈原，魂兮歸來，為我們的時代喚醒濁世」（1978：10），凌至江〈太息〉的「節日，古招魂今招魂」（1978：3），余光中〈漂給屈原〉的「亦何須招魂招亡魂歸去／你流浪的詩族詩裔」（1978：2）。

　　這個被詩人們反覆謄寫的「招魂母題」，其敘述結構不外乎：（一）在感慨屈原事蹟的同時，將他神格化／崇高化／理想化，不但成為詩的代名詞，更成為（混濁）時代的希望（清流）；（二）把詩情推展到頂點／末端時，招屈原之魂來強化敘述（感嘆），或高舉／點燃屈魂以為時代之光。這種單調的人物謄寫模式與空洞的情感鋪陳，統治著許許多多不具反省能力的屈原主題詩作，以及節日本身。

對於這個現象，華克邪在〈端午〉一詩中忍不住埋怨：

> 一個人沉了下去
>
> 千百龍舟浮了起來
>
> …………
>
> 所有的空氣都屈原了
>
> 我卻不能說點什麼
>
> 我更不想說點別的
>
> 祇好喝酒
>
> 祇能喝酒　　（華克邪，1990/04：70）

在他眼中屈原不過是「一個人」，不是什麼詩魂或者詩神；一向被偉
大化的殉國也只是「沉了下去」，然而這麼一個沒什麼大不了的動作
卻影響深遠，浮起一個由千百龍舟構成的熱鬧節日。華克邪很納悶。
可是連「所有的空氣都屈原了」，歌頌屈原成為大家的共識，前人建
造的窠臼統治著書寫，他只好無奈地喝酒。經過貶值的「殉國母題」
讓我們看到香港詩壇另一種清醒的（舉港皆醉我獨醒），「反神格化」
的男低音，在正統的邊陲輕輕發聲，雖然他的逆向書寫不夠徹底。

當我們讀到飲江（1949-）那首殺傷力十足的〈懷一溺水者〉，才
獲得一種「弒神」的滿足，超越了期待視野的滿足。全詩沒有一字直
接指涉屈原，如果沒有「兩粒粽子」作引線，「溺水者」的身世就不
易辨別。飲江用詭辯技巧來質疑屈原的殉國：

> 有人說
>
> 這世界將毀於火
>
> 有人說
>
> 毀於水

　　說毀於火者毀於水

　　說毀於水者

　　或者

　　毀於

　　自己的判斷　　（飲江，1997：178-179）

迂迴曲折的辯說，其結論竟是：屈原毀於自己的判斷！因為他的死對
楚國而言，是毫無幫助的。飲江站在當代香港文化語境人的思考立
場，從殉國的實際功效來徹底消解屈原的偉大情操和價值判斷。他認
為這個「永恆慘烈的／判斷……判斷……」（179），根本是一個不必
要的錯誤；至於把粽子瞄準屈原投江的文化漣漪再投一次，也是一種
浪費的愚行。所以他滿腹狐疑地詰問：

　　這就是你

　　把兩粒粽子

　　投進同一漣漪

　　的原因嗎？　　（179）。

或許有人會批評這種非常現實的香港價值觀，但後人對屈原的悼念形
式，難道沒有值得商榷之處？飲江的弒神觀點在眾多「殉國母題」詩
作當中，具有獨一無二的創意。

　　然而像飲江這種充滿叛逆色彩和思想深度的端午詩作，在香港詩
壇並不多見。我們較容易接觸到的是制式、神格化的「殉國母題」，
以及保守、空洞的「招魂母題」之作，他們在潛意識裡嚴守著：【偉
大詩魂＋永恆詩篇＋魂兮歸來＝招魂母題】之謄寫模式。

三、台灣：從敘事到消解的多元詮釋

現代台灣文壇沒有類似大陸那種「後文革時期」的文化語境，詩人都不會產生家國或文化改革的使命感。所以「殉國母題」在這個島上無法掀起激越的情感，於是我們常常讀到像鍾順文（1952-）〈新引屈原〉這樣的詩篇：「他想分擔江河的寂寞嗎？／不然怎麼緊緊擁抱江水／…………／打從浮游娘胎時／他就誓和波濤一起存亡／乃至選定汨羅江」（鍾順文，92/07：87）。這首詩既沒有展現起碼的史識或史觀，所謂的「新引」沒有超越我們固有的期待視野，更無法消解「殉國母題」的種種創作成規。這是一種典型的應節而作，不具思辨性。

早在七〇年代末期，台灣敘事詩大盛之際，羅智成（1955-）那首長達兩百行的敘事詩〈離騷〉，不但突破了「殉國母題」一貫的「事後憑弔與感懷」，轉移焦點在「流放母題」上面；他在人物形象、政治語境、歷史文化氛圍等各層面的經營，儼然構成一座難以超越的「羅智成障礙」。

羅智成在〈離騷〉裡虛擬了一個以巫術氛圍作基調的「楚文化空間」，來承載起伏變化的情節。他採用「神入」（empathy，或譯作移情）的敘述視野，神入屈原（「我」）被流放的心靈世界，讀者則預設在「你」的聆聽位置裡面：

　　　　你知道，南方

　　　　是特經許諾的……

　　　　多情的巫祝很相信這些　　（羅智成，1982：104）

羅智成虛擬的南方（楚），不但是一個「崇拜黑色鑲金的美學」（105）

的歷史時空，其中還有「祕密的婚契，在人神之間／以及魚鷹、萱花與／朝露的精靈」（106）。這個非常立體的巫術／歷史時空，卻是屈原的心靈戰場：「楚地不可避免的／生坯的粗糙／屢屢銼傷精緻的心靈」（108），政治狀況「粗糙」的荊楚，是屈原被流放的宿命和傷痛。他的抱負呢？如同後世每一位懷才不遇的才子，都有那麼一個治國平天下的壯志！屈原鬱鬱的受困在汨羅江邊，羅智成忍不住責問：

> 你怎能只給鳳凰一尺山水？
>
> 你怎能只給恆星一個夜晚？　　（109）

正如我們必須花很大的篇幅，才能充分形塑屈原的內心世界和當時的政治情勢；我們不能只給史詩區區二十行的空間，當然更不能只給壯志凌雲的才子，一條瘦瘦的汨羅。無須吶喊，僅僅兩句寓意飽滿的詰問，藉著事物本身極端不合理的處境，作者把陳述的氣勢和「懷才不遇」的控訴推到高峰。

　　這首詩最大的創意，是著墨於屈原和楚懷王之間的情誼，強而有力地反諷日後被流放的情境：

> 這人，高踞席上
>
> 不可思議地賞識起你
>
> 彷彿要延續前世的默契
>
> 帶你到雲霧盤據的穀倉裡
>
> 訴說他六歲時的單戀四十歲的激情
>
> 先王嚴厲的管教，以及
>
> 不切實際的領土野心　　（110-111）

如此大膽的假設，強化了此詩的戲劇性和人物的心靈圖象。羅智成同時細心地推演著君臣之間的默契和疏離：「最後，我們見面／他指南

方／眼裡沒有一絲遲疑一絲眷顧一絲牽掛」（112）。此詩的敘述手法始終保持著一定的朦朧感和透明度，兩者平衡在一條明顯的敘事脈絡兩端，保留了相當的詮釋空間，以及不必句句解說的訊號鏈。尤其前半篇充滿神祕感的語調，讓讀者沉醉在楚文化的氛圍當中，專心聆聽屈原的內心獨白，目睹君臣的情義猝變，還有投江的種種因由。事件在屈原的投江意念中結束：「我將在流動的河水上／鑲下我的話語」（118）。這首詩開啓了「流放母題」的大門，形成【昏君亂世＋懷才不遇－→放逐】的深層結構。

屈原的謄寫，凡是有自覺的詩人都不免會產生「影響的焦慮」。李瑞騰在《七十九年詩選》的小評裡說：「詩寫端午，無可避免要涉及屈原，實在很難再有新意，除非緊扣時局，以時事繫聯端午和屈原」（向明編，1991：77）。余光中（1928-）的〈召魂〉便是以政治之眼，另闢謄寫屈原之別徑：

> 去年的端午，九州落寞
>
> 今年的端午，海峽吞聲
>
> 再大的南中國海也容不下
>
> 一條無助的孤舟
>
> 一座無依的女神
>
> 送乘桴的逃犯一路回家　　（同上：74）

同樣的「流放母題」，但余光中更關心的是那艘滿載大陸民運人士的「民主女神號」，無法在台灣泊岸所引起的種種政治過敏症。民運人士被喻為「乘桴的逃犯」，跟屈原一樣被放逐在天涯，兩岸的政治環境都容不下他們。所以他很難過的感嘆：「無論此岸或彼岸／汀芷渚蘭都已經污染／滄浪之水啊不再澄澈／你的潔癖該怎麼濯清？」

（76）。不同於肖馳等人為社稷請命的激情，余光中睜開理智且超然的冷眼，鳥瞰古今皆然的政治境況。對「流放母題」中最關鍵的「昏君亂世」要素，作了適當的評議。

林燿德（1962-1996）的〈屈原一年一度死一回〉，不但把焦點轉回「殉國母題」，而且瞄準「節慶母題」重重出擊。粽子雖是端午的象徵食物，可是裡頭到底裹得住多少文化精神？吃粽子也算是一種憑弔嗎？連粽子都不清楚：

> 粽子們在鍋中煮著
>
> 冒著蒸氣的鐵蓋下
>
> 他們翻滾，呢喃
>
> 每年都如此
>
> 無數粽子在無數鍋中呢喃
>
> 不知道在呢喃些什麼　　（張默主編，1989：1197-1198）

這一段其實在嘲諷應節吟詩的詩人。詩人們聚集在某個熱鬧非常的節慶場合，「他們翻滾，呢喃／每年都如此」，吟誦著一些應景的詩篇。屈原呢？「一年一度，辛勞憔悴的屈原／以似甘又苦的心情投一次江／……／抱各種石頭的屈原一年一度死一回」（1198）。林燿德揮動調侃的大筆，把「殉國」寫成一則笑話，並且將逢節「謄抄屈原」的偽詩，煮成一鍋不知所云的粽子。總之，強迫屈原在詩人的節慶裡「一年死一回」的現象，就是「詩人節」最大的虛偽與陋習。

另一首同屬「節慶母題」的〈新招魂曲〉，出自梅新（1937-1997）之手。他也鎖定「詩人節」：

> 詩人們都說這是他們的節
>
> 到處有人在舉行紀念會

> 大詩人頌獎小詩人
>
> 老詩人頌獎年輕詩人
>
> 但他們之中
>
> 沒一個想做屈原 （梅新，1992：60）

梅新毫不留情地剝開「詩人節」的廬山真面目。詩人雖然跟社會脈動
嚴重脫節，不再有屈原那種家國抱負，可他們卻享有端午節的專利，
「但他們之中／沒一個想做屈原」，不管天下多亂都不會有詩人去殉
國投江。很簡單的描述，卻是很嚴厲的譴責，對於空洞、虛偽、制式
化的節慶，對詩人之心。

梅新另有兩首名為〈給屈原〉的短詩，呈現一種平等且平靜的，
詩人與詩人的神交。第一首寫他以浙江方言輕輕吟誦〈離騷〉時，「發
現自己的詩／竟也有你的音質」（梅新，1998a：139）；這種共振並非
源自文化母體或殉國事件的震央，而是詩的文類本身，透過直接的閱
讀與吟誦，梅新感受到屈原的永駐詩中的情韻。第二首承接第一首的
思緒，伏案寫詩的梅新忍不住「臆想你寫詩的神態／揣摩你吟詩的韻
調」（梅新，1998b：140），這首詩並沒有從俗地展開一系列激昂慷慨
的歌頌，只有單純的小小的冥想；每個詩人都在平等的位置上寫詩，
寫詩「是我們長夜漫談的紀錄」（141）。這又何嘗不是詩人的讀詩寫
詩的心情紀錄。

羅任玲（1963-）的〈端午〉是一個企圖「反節慶」的書寫。她
排除了所有節日的元素，使勁地消解這個偉大時刻的內涵，她在「喝
詭異的茶／在下雪的鏡子裡照見雪的顏色／和南半球的家人通電話」
（羅任玲，1998：137），完全沒有端午的節慶感，或者任何「節慶母
題」常見的法定動作。她讓屈原的形象在夢中出現，可是：

> 他顯然瘦多了
>
> 並不知自己已然死去
>
> 他在任何地方也不在任何地方
>
> 想念你
>
> 說他夢見地鐵轟隆轟隆穿過河床
>
> 屈原站在孤伶的河中央
>
> 不知自己早已死去　　（137-138）

跟其他詩人刻意複雜化的情節推演手法不一樣,「殉國母題」不但被簡單化,同時也削薄了原有的文化內涵和想像,於是我們目睹了一個茫然若失,消瘦的孤魂,失落在慶賀過兩千多次的節日裡,似乎依舊活存在每個詩人的心中(在端午之時),又似乎不存在(在日常生活之中),所以連屈原都無法斷定自己是否已然死去。節慶附予的形象和本身的文化價值,是詩靈徘徊的兩端,時代把兩端越扯越遠,於是屈原在孤伶的河床中央,沉思或者茫然。這種消除了崇拜和距離感的陳述,不但讓屈原成了夢中的友人,也讓端午節的意義在此歸零,重新思索。

從「殉國母題」、「流放母題」、「節慶母題」到無法歸類的表現,在在展現了台灣現代詩的多元化思考向度——羅智成以虛為實,謄中帶寫,重構了屈原的內心世界和流放歷程;余光中寫而不謄,用端午留住一幕殘酷的政治現實;對謄寫屈原的問題/現象本身,林燿德和梅新從左右開弓;羅任玲意圖消解節慶的另類書寫。

同樣的「屈原」,來到這座已經沒有足夠中國情結的孤島,竟然產生許多「異曲異工」的詮釋。這裡的詩人沒有共振的跡象,沒有神格化的心理因素,沒有制式的歌頌,即使藍星詩社舉辦的「屈原詩獎」

也沒有題材上的要求，七首得獎詩作都跟屈原無關。

　　台灣詩人站在與屈原平等的創作位置，驅動不同的創作意圖，從戲劇化、政治化、反諷、隨筆、到消解，無論是膽是寫都成就了非凡的風采。「屈原／端午」這個素材本就充滿了無限的詮釋可能，越是自由的文化語境，越能夠讓詩人開創他的世界。

四、菲律賓：擱淺的思維和人物形象

　　菲律賓華人人口約一百萬，佔總人口的六十分之一左右，五家華文報紙的每日銷售量加起來大約四萬分，一度因爲軍事戒嚴令而被迫停刊十年（1972-1981）；八〇年代可說是菲華文學的巔峰，共成立十八個文藝團體，寫作人口多達一百八十人左右。但隨著寫作人口的老化，年輕人對中文不感興趣，菲華文學出現嚴重的斷層，文藝活動不減，但創作量大幅消退，副刊多以轉載台港作品爲主，在九〇年代仍舊活躍的作家，真是屈指可數[4]。在這個非華語地區，華文文學的發展因爲得不到教育體系的支持而失去養分，文學本身的創造力和反思能力也受到大環境的侷限，所以菲華詩人在屈原主題的經營方面，很難有突出的表現。

　　和權（1944-）的〈三閭大夫〉紀錄了漢文化流傳海外的現象：「我／每一深呼吸／皆聞到那芬芳／那是，你的名字／附著每一瓣花／順

---

[4]　上述資料來自一九九八年八月四日世界華文作家協會第三屆代表大會，陳瓊華的〈菲律賓地區報告〉（世華祕書處編，1998，《地區工作報告及論文集》，台北：世華，pp.138-141）。

流而下，自古代／到現今，自祖國到海外／到更遙遠的西岸」（和權，1985/04/11），近乎散文的表述語言以及淺顯的題旨，讓詩失去賞閱的深度；加上十分刻板的人物形象的描寫，使「殉國母題」的前奏畫面變得十分粗糙：

> 你兀自華髮飄飄
> 齒音清脆的
> 在汨羅吟著楚辭
> 歌著離騷 （1985/04/11）

同樣的形象描述出現在同一天的《千島詩刊》，吳天霽的〈屈原〉：「汨羅江畔／千丈白髮飄／你選擇水聲／為你永恆的哭泣」（吳天霽，1985/04/11），飄逸或飄散的白髮／華髮，不約而同被兩位詩人選用，只是前者讓屈原在江水中歌吟自己的詩篇，後者則讓屈原借江水哭泣千年：

> 從此
> 汨羅江洶湧了兩千年
> 哀號的
> 何止是水鬼 （1985/04/11）

可能是母體文化早已從潛意識裡淡出之故，屈原沒有被神格化，主體的敘述情感也相當平靜，而且空洞，「殉國母題」在千島之國難道只有千遍一律的面貌？另一首比較特別的是比利西的〈五月詩魂〉，寫於六四天安門事件之後，所以這個「五月 汨羅江又一次掀起萬丈波濤」，卻「聽不見三閭大夫引吭慷慨悲歌」，詩人憤怒地吶喊：

> 錦繡山河 風雲色變
> 時代底詩人 站住！

> 拋筆桿　焚不朽詩篇為祭歌
>
> 血祭天安門
>
> 把生命重投入抗暴烘爐
>
> 讓血軀火化為民主星火
>
> 燃遍泣血的神州大地　（比利西，1989/07/13）

短短七行的引文就有三個「血」字，比利西無法冷靜下筆，也寫不出應景的偽詩；在喚不回屈子詩魂的現代，在國難的當頭，詩人胸中的熱血驅使他的情感在文本中狂奔不歇。這是詩人的真感情，「殉國母題」的書寫對象由屈原轉移到當代詩人身上，他的投求與呼籲是可敬的。可是它跟余光中那首〈召魂〉比起來就遜色多了，這種未經沉澱的情感破壞了語言的詩質，比利西竟然毫不在意（或毫不察覺）。

菲華詩人在屈原主題的經營上所表現的粗糙與單薄，確實令人失望，也許是整個文化語境使然吧，在這裡我們找不到獨特的聲音，只有不幸擱淺在詩學長灘上的「殉國母題」。

五、泰國：被滲透的文化及其憂慮

自一九三三年泰國政府嚴厲執行「泰文強迫教育條例」以來，華文教育的發展便十分坎坷，後來更禁止開辦華文中學，目前全國只有一二一間民辦的小學，和五間中學夜校在教授華文課；影響所及，華文報紙的讀者嚴重老化，最年輕的讀者群約四十歲左右，泰華文壇最

大的危機便是青黃不接[5]，華文及漢文化自然萎縮在泰文及泰文化的
陰影底下。我們不妨預先降低原有的期待，蹲在菲華文壇的海拔上眺
望流傳到湄南河的屈原身影。

司馬攻（1933-）的〈五月總是詩〉是「節慶母題」最簡陋的演
繹：

> 龍船是詩
> 船船龍船船船詩
>
> 粽子是詩
> 一個粽子滿口詩
>
> 石頭是詩
> 一縷詩魂江河皆詩　　（犁青主編，1991：553）

表面上看來，作者很不負責任地將「龍船」、「粽子」、「石頭」跟「詩」
劃上等號，文本當中找不到輔助的訊息，整條河只看到六行瘦瘦的詩
魂。然而，這個簡陋的思維模式，正巧可以用來說明中華文化的「物
化現象」。端午節的文化內涵不是「憑弔屈原」一句話就可打發的，
但在當地詩人的情懷裡，粽子和龍舟等形而下的物體，理所當然隱含
著中國母體文化的精神，它們全都是一些不必解說便可以感悟／認同
的符號。詩人們也不會去深入反省這些既存的文化符號。

這種對中國母體的「歷史認同」（historical identity）是前行代泰
華詩人的共性，李少儒（1928-）的〈我獨醉詩香——紀念中國偉大

5　雖然近幾年來因為泰國與台灣和大陸通商，基於經濟因素的考量，泰國政
　　府逐漸改變華文教育政策，可是也無法立竿見影。

的悲劇詩人屈原〉便是一個範例：

> 詩的永恆底象徵是您藝術生命的偉大，
>
> 渴求善美的憂傷是您詩魂本性的化身。
>
> ···················
>
> 從春秋熊熊的霸火下煉出劍氣的離騷，
>
> 照耀整體人生的孤詣昇華神曲的九歌。
>
> ···················
>
> 五月的湄江飄來陣陣的榴槤香，
>
> 陣陣的榴槤香滲著粽子的詩香，
>
> ——我酒灑湄江祭詩魂！　　（犁青主編，1991：546）

作者毫不自覺地大量使用「永恆」、「偉大」、「善美」、「霸火」、「整體
人生」等宏詞，它們在近乎吶喊的陳述中交織成一首龐大且空洞的進
行曲，而不是雄渾（the sublime）的軍樂。所謂的「永恆」和「偉大」，
屬於教條式的屈原印象，作者不經思辨就全盤接受。在三十行的篇幅
裡，「五月的湄江飄來陣陣的榴槤香，／陣陣的榴槤香滲著粽子的詩
香，」反覆出現四次（共八行）。這組十分顯眼的「背景音樂」，透露
了中泰文化在潛意識裡的交融——時間是中國農曆的五月，場景卻是
泰國的湄江；本土的榴槤香，滲著中國粽子的詩香。作者意圖固然是
緊扣住屈原，但本土氣息還是滲了進來。

　　嶺南人（1932-）的〈致龍船〉，則是一首帶著文化失落感和憂慮
意識的詩。他在附註裡說：「以前，唐人是乘龍船（紅頭船）渡海來
番[6]，現尚有一龍船石舫，殘存在『龍船越』[7]」（嶺南人，1991：132）。

---

[6] 他在泰國住了三十三年，竟然還用「番」字來定義這片土地，顯然他潛意
　　識裡依舊是以中國爲文化母體，泰國始終只是經商的異域。

嶺南人在海南出生，他前半輩子生活在漢文化的故土，後半輩子才來
到這個經商的「異域」；乍看之下，他的文化視野是中泰參半，其實
骨子裡的中國情結永遠解不開：

　　　　只見船頭瞪著茫然的眼睛，

　　　　只見船艙聳起泰式的塔尖。

　　　　………………

　　　　是滿人的馬鞭，

　　　　還是日人的炮彈，

　　　　把你驅到這裡？

　　　　………………

　　　　你的搭客，還有你的水手，

　　　　是否都已登上了岸，

　　　　而把你拋棄？　　（同上：130-131）

南洋的移民史不是短短三行的感慨就能說明白的。引文中第一行的
「船」，暗指當年唐山豬仔勞工和新客南遷的船隊，「船頭瞪著茫然的」
是移民不知何去何從的眼睛。隨著時局變化，龍船的乘客和水手「都
已上岸」，各族人民的文化與血統漸漸混雜[8]，久而久之「只見船艙聳
起泰式的塔尖」[9]，泰文化的滲透改變了漢文化的結構。在嶺南人看

---

[7]　「越」是泰語佛寺的意思。清朝時期來往中國和東南亞的水路交通，有一
　　種紅色的大帆船，船頭兩側繪著蛟龍的圖象，俗稱「紅頭船」。但此商用
　　紅船並非端午龍船，嶺南人將二者劃上等號，似乎不妥。

[8]　由於數百年來泰人、漢人、寮人、高棉人、撣族彼此通婚，人種急速同化，
　　很難再分辨各族群的血緣譜系。

[9]　泰國皇室有兩種專用的王船——國王乘坐的鍍金船「Suphanahongsa」（英
　　文名 Golden Hansa），船首形狀像天鵝；另一種皇家舢舨的船首則是獨角

來,「上岸」算是一種「拋棄」,所以他非常擔憂:

> 你,橫在湄南河畔的龍船喲!
>
> 為什麼你滿臉憂鬱?
>
> 是怕過了另一個世紀,
>
> 再也沒人知道你來自哪裡? (同上:131-132)

借由龍船的「變形」來述說漢文化的失落,嶺南人對「節慶母題」的
經營帶著一股憂心忡忡的氣氛,絲毫沒有節慶之感。綜合上述三首
詩,可以明顯讀出泰華端午詩歌的深層結構:【湄江＋龍舟＋粽子＝
節慶母題】,尤其前兩項乘載了漢文化的侵蝕問題,以及不同詩人對
節慶的不同視角。

多年以後,嶺南人在〈浪潮沖擊下的詩魂〉一文中感慨地說:「芒
種尚遠,端午未至,唐人街一些食店,已掛滿形形色色的粽子。為了
應景,匆匆的行人走過,手裡拎著粽子趕回家,僅當一般食品嚐新而
已。沒有人談及屈原——中國不死的詩魂;查看各家華文日報文學副
刊,也沒有介紹屈原的文章,及有關紀念詩人節的消息。」(《世界
日報·湄南河副刊》,1999/06/18)。顯然情況更加惡化,不死的詩魂
在泰文化語境中難以苟活,連最具象徵意義的粽子都淪為一般食品,
我們豈敢對端午詩歌存有太多的期待?

就在同一個【詩話端午】[10]的專輯中,劉舟在〈端午節〉發出相
似的感慨:

> 二千多年的龍舟角粽

龍,或那迦蛇。兩者的船艙中間都設有泰式塔尖的小船艙。

[10] 泰國《世界日報·湄南河副刊》的編選工作由台北《聯合報副刊》的編
輯負責,這個詩文專輯共為期三天。

　　　沒多大走樣

　　　唐人街的端午節日

　　　代代承傳

　　　祇是端午的傳奇故事

　　　已漸漸有些模糊　　（劉舟，1999/06/17）

從嶺南人的文章和劉舟的詩篇，我們知道端午節早已萎縮到唐人街裡去，粽子尚可以節慶食品的身分在市場上保有一席之地，龍舟在節慶中仍舊扮演著固有的角色，不過詩人敏銳的眼睛卻洞悉到整個泰文化語境對漢文化元素的滲透、侵蝕、同化。泰華詩人的憂慮，赤裸裸地披露在詩裡。也就是這種憂慮在驅使泰華詩人反覆經營這個主題。

六、馬來西亞：以粽子作為論述的媒介或中心

　　馬來西亞也是多元種族的國家，但華人社團在華文教育的軟硬體各方面的建設，讓當地華人學子能在政府的馬來文教育體系之外，尚能擁有中、港、台以外，全球最完善的中小學華文教育。更重要的是：四十年來數以萬計的留台大學生，在一定程度上維護了當地華人社會的文化結構。雖然我們很難在他們的言談裡找到固有的中國認同（Chinese nationalist identity），但從未磨損的華人屬性（Chineseness）與當地文化語境「並存」的結果，形成一種多元種族社會特有的多重認同（multible identity）。使他們在面對傳統漢文化時，保有一分反省能力。

　　「節慶母題」同樣是馬華端午詩歌裡的大宗，但它沒有文化侵蝕

的困擾。在黃榮新（1973-）的〈歡迎你，屈原〉，我們有新的發現：

　　歡迎你，屈原
　　駕臨一年一度的
　　盛大的華團文化節
　　‥‥‥‥‥‥‥‥

　　讓柔情傾注如楚江的水
　　讓自由翱翔如楚天的鴻鵠
　　‥‥‥‥‥‥‥‥

　　我們一同趕赴一場傳燈之夜
　　你我手中各握一截小燭
　　將滔滔黃河滾滾長江的氣勢
　　破腔而出
　　‥‥‥‥‥‥‥‥

　　你長袍馬褂從五千年前悠悠飄來
　　在華裔英魂的三保山上　　（胡金倫編，1994：260-261）

此詩由一年一度的華團文化節把作者的情緒高高揚起，屈原被視為中
華文化的象徵人物，經由作者稍嫌失控的熱情邀約而來，參與一場象
徵著「文化傳承」的傳燈活動。強烈的古中國圖象與南洋現場（三保
山）古今交錯，近乎吶喊的高昂情緒逐漸麻痺了讀者的閱讀思維，作
者使勁地重膳我們熟悉的節慶情感。我們卻發現「長袍馬褂」和「五
千年前」等歷史知識上的錯誤！這個「五千年」的錯誤認知，同樣出
現在晨露（1954-）的〈端午吟〉。也許吧，也許是晨露在忘形高喊：
「我們　傳遞／文化燈火」的時候，算錯了汨羅江其實並沒有「五千
年的精華」（晨露等著，1993：24）。

　　寫得比較節制的是中生代詩人葉明（1955-1995）的〈假如你來〉。
作者把屈原迎接到當下的現實時空：「假如你來，屈原，在吉隆坡」
（葉明、李宗舜合著，1995：23），他會帶屈原去看：

> 龍族的血脈，怎樣分布他的支流
>
> 怎樣流成輝煌怎樣流成辛酸
>
> ‥‥‥‥‥‥‥‥
>
> 帶你去看貧民窟，看那明滅的燈火
>
> 看一盞燈撐著一種不同的命運　　（23-24）

當然還有「划龍舟比賽／裹粽子比賽／詩歌創作比賽」（25），並邀請
屈原即席演說：「告訴我們年輕的一代／你抱石投江時／那江水有多
冰冷／那壓在胸間兩千多年的石頭／有多沉重」（25）。這首詩流的思
緒很矛盾，作者身為移民的後裔，既想告訴屈原有關當地華人的光輝
成就，卻又忍不住向他揭露繁華背後的貧苦；雖然像楚國的禍國奸臣
不再出現，但歷經千年的世道，依然沒有完全的盛世。在慶節之餘，
葉明更想知道的是屈原當年殉國的心聲，以及看盡兩千多年的風風火
火，對治世與亂世，對當下的政治現實有何見解。葉明把「殉國母題」
的巨大問號，交給屈原和讀者。

　　除了形而上的憑弔，粽子是「節慶母題」形而下的要角。精神與
物質，到底哪一個才是節慶的重心？游川（1953- ）那首非常寫實的
〈粽子〉，披露了一個事實：

> 媽媽是沒讀過書的農婦
>
> 不懂離騷不識三閭大夫
>
> 只一心一意將自己投入
>
> 用寬大的竹葉

　　　　將散疏疏的糯米收容包住　　（游川，1989：52）

不管屈原究竟有多高的文學成就，不管後世學者在這個符號上附加了
多少文化意涵，對廣大的群眾而言（尤其非知識分子），遠遠不及粽
子來得實在。在他們的認知裡，「裹粽／吃粽」才是傳統，形而下但
不容否認的傳統。媽媽一心一意的裹粽動作，比起詩人應節的吟誦，
反而有一種對待傳統節日的真誠。我們真的無法批評這個矛盾。可見
在大家的潛意識裡，沒有粽子的端午就不像端午，所以東馬詩人荒野
狼（1958-）的〈端午節〉有非常殘酷又逼真的描述：

　　　　比如說誰是屈原，

　　　　我們不很清楚。

　　　　但也不重要，

　　　　…………………

　　　　只要能有粽子吃

　　　　其他的事

　　　　比如故鄉端午　屈原或者什麼的

　　　　也就算了　　（荒野狼，1995/06：65）

屈原的文化價值對很多人而言，是個空洞的文化符號，遠不及粽子來
得實在。荒野狼用調侃的筆觸和群眾的視野，把偽裝在節慶活動的文
宣或演講稿上的紋彩，徹底撕去。胃，才是最誠實的。另一位西馬詩
人唐林（1936-）在〈吃粽子的端午〉裡更是津津有味地說：

　　　　裹粽子的人說

　　　　這又是一個吃的節日

　　　　…………………

　　　　嘿，端午就是吃粽子

> 瘦豬肉加冬菇
>
> 再加蝦米和粟子
>
> 這樣才算豐富了傳統
>
> 發揚了吃粽子的端午　　（唐林，1995A：130）

具體而且詳細的餡料說明，讓端午的滋味更豐富，很諷刺，可他說的
卻是鐵一般的事實──「端午就是吃粽子」。唐林在另一首〈端午、
端午〉裡指出：屈原是一則「逝去的歷史」，唯有那「形形色色加料
的粽子／才夠新鮮，新鮮得令人懷想」（唐林，1995B：140）。這都
不是個案，我們只要隨便瀏覽馬華的端午詩歌，都可以發現粽子往往
是最重要的意象，許多詩人的思維由粽子展開。

一九八七年七月五日，星洲日報公佈了「端午節詩歌創作比賽」
[11]的得獎作品，公開組五首得獎作品當中，除了方昂（1952-）的敘
事詩〈投江〉和葉明的〈假如你來〉之外，靈繽兒的〈城中歸來〉、
因心（1953-）的〈端午吟〉、何乃健（1946-）的〈端午〉，都在詩的
最前端以粽子啟動思維──「五月，我從城中歸來／農夫攜鐮刀採竹
葉／裹粽，香氣洋溢街頭巷尾」（靈繽兒，1987/07/05）、「我回魂在五
月的跫音／隨洋溢的粽香飄來」（因心，1987/07/12），何乃健更把屈
原、汨羅江、沸鍋、粽子結合為一：

> 爐火正旺，鍋裡的水滾燙
>
> 像兩千多年前憤怒的汨羅江
>
> 妻紮好的粽子在我眼前一揚
>
> 就沉入熱氣騰騰的沸水中

---

[11] 這是罕見的大規模端午詩歌大賽，分公開組、高中組、初中組，共收到
九百廿三件作品，由此可見屈原主題在當地文壇的普遍性。

一股強烈地震的餘波

在我心頭閃過；呵，三閭大夫

那是你的影子麼？　　（何乃健，1987/07/12）

這種將粽子和屈子合一的膽寫模式，在九〇年代的端午詩中仍然層出不窮，譬如方昂的〈端午十四行〉：「一直想嗅出我詩句中粽香的／母親，年年以驚人的毅力／裏出兩千年來一樣一樣的粽子」（方昂，1999/06/27）、莫澤明的〈端午即景〉：「粽香依然撲鼻／屈原精神不滅」（莫澤明，1997：67）、何乃健的〈裏粽〉：「並且別忘了，把一首楚辭／裏入新採的竹葉裡」（何乃健，1994/06/15）。上述詩作大都環繞在節慶本身，提出個人的詮釋和感受，始於粽子，終於楚辭。

陳大為（1969-）的組詩〈屈程式〉[12]則針對節慶的「模式化／程式化」大加鞭撻，從屈原早已僵化的愛國形象、離騷的閱讀、詩人的角色，到粽子的境界。他在第二節【Ｆ２：端午】裡「端來一顆稜形的午餐」：

跟每位端午專心的食客一樣

我穿透糯米的彈性

用筷子分析歷史與傳統的內涵

·····················

將抽象的端午吃成具體的端午

我們都用永恆的味覺來記憶佳節

粽子因此提昇到象徵的境界

在潛意識裡取代屈原　　（陳大為，1997：40-41）

---

[12] 雖然作者撰寫此詩時正留學台灣，但此詩乃馬來西亞星洲日報文學獎的得獎作，故將此詩定位在西馬。

「將抽象的端午吃成具體的端午」或「將抽象的屈原吃成具體的粽子」，是端午的宿命，也是馬華詩人膽寫屈原的焦點。具體的粽子在群眾認知裡，理直氣壯地取代了屈原，只因為「我們都用永恆的味覺來記憶佳節」。

確實如此，粽子和屈原在馬華詩人的思維邏輯中，儼然成為一體之兩面。屈原抽象在文學之中，粽子卻具體存在於生活與腸胃之內，而「母親／妻子」又成為兩者之間的仲介，「節慶母題」於是有了更真實的情感元素。所以屈原主題在馬華詩人的膽寫活動中，往往因為議題過度焦距在粽子之上，很自然地導向「節慶母題」。同時正因為如此，馬華的端午大都具有某程度現實批判意味，或者其他具體的題旨。

馬華詩人的「節慶母題」隱沒了泰華詩人較重視的龍舟，大幅提昇了粽子的「社會地位」；至於詩人在節慶裡慣常扮演的角色（傳遞文化的薪火，以及吟誦），在〈屈程式〉裡有深刻的嘲諷：

> 空洞且巨大的吟誦把我咬醒
>
> ⋯⋯⋯⋯⋯⋯⋯⋯
>
> 詩人陶醉於自己的鼓聲節奏
>
> 往年的大作與來年的大作互相拷貝
>
> 同樣的基因同樣的體位在此交配　　（陳大為，1997：38）

非關創意的相互膽抄彼此拷貝，是許多端午詩歌的生產方式。難道文化的薪火就只有透過儀式方能傳遞？〈屈程式〉正好提供一個跟〈歡迎你，屈原〉相反的節慶觀點。

從上述十幾首詩，可以歸納出【評議粽子＋神會屈原＋傳承文化＝慶賀端午】的深層結構，整個「節慶母題」的膽寫充滿了劍影刀

光，盡是嘲諷與批判，外加幾絲溫馨的感懷。與屈原直接相關的「殉國母題」和「流放母題」，似乎隱沒在粽子的味覺裡面[13]；「評議粽子」，竟成了馬華端午詩叢中最受矚目的觀測點。

七、新加坡：宛如魚尾獅的文化處境

新加坡英文教育的地位一直凌駕於華文之上，英語是工作語，也是第一語文[14]。從李顯龍這一代國民開始，所謂的中國認同更是急速萎縮。最後，每一個新加坡華人的祖籍都是新加坡。這個三百六十八萬人口的島國，正符合「魚尾獅」（Merlion）的形象——獅首魚身，沒有四肢所以不能登陸，沒有魚鰓所以不能潛水。這種中西文化互相拉鋸的困境，投影到語言上就出現了 Singlish（新加坡腔英語）的窘態，在文化上則如下述詩篇所披露的現象。

陳劍（1940-）的〈端午有感〉狠狠地扯出了傳統文化被英文教育侵蝕的問題：

舟子奮臂

ONE　TWO！　ONE　TWO！

汨羅江何物？

---

[13] 方昂的〈投江〉雖然得到評審們一致的肯定，其實他們（包括作者和評審）對屈原主題的視野都很陳舊，全詩不斷堆砌《楚辭》裡的詞彙和意象，沒有翻新出奇的創意。馬華詩壇中像這種「殉國母題」的詩作為數不少，可惜不得不被「節慶母題」的光芒掩沒。

[14] 中小學教程除了母語課（第二語文）之外，所有科目都用英文課本，所以不諳華語的華裔學子比比皆是。

　　錦標在注！

　　．．．．．．．．．．．．．

　　約翰、瑪莉不識糯米

　　粽子何以投江？　　（陳劍，1994：53）

此詩的題旨一目了然。前四行我們發現：端午節的文化內涵已經徹底
「節慶化」，偏移到「功利」的物質層面，汨羅江的歷史認識在競賽
中淡出，大家關注的只是奪標的事。對約翰和瑪莉這群完全洋化的新
加坡華人而言，「端午」是一個不知內容的詞。只有「一群詩痴／洒
洒焚詩／遙祭三閭大夫」（53），「屈原」在這島上淪為緊夾在辭典裡
的漢字，扁平得沒有半點歷史縱深。其次——「舟子奮臂／ONE
TWO！ ONE TWO！」——這八個字中英文各半，正是新加坡文化
語境的最佳縮影；軀體（奮臂）部分是中文，吶喊的聲勢卻是英語。
至於「舟子奮臂」一句，無論語法和音韻都不甚理想，可說是蹩腳中
文，這又透露了中文書寫的隱憂。

　　陳劍的觀察不是一個孤證，林也（1951-）的〈龍舟賽事〉也有
同樣的描述：

　　龍舟上的健兒

　　為錦標

　　獎杯的榮譽

　　揮汗成雨

　　．．．．．．．．．．．．．

　　即使粽子

　　也是食譜的

　　一章而已　　（南子主編，1989：82）

在群眾眼裡，龍舟競賽成爲端午節最大的存在憑據，粽子也失去它原來的文化意義，成爲聊備一格的食品，屈原則靜靜隱沒在節慶的鼓聲背面。面對這麼一個錦標至上的節日，作者不得不提出他對端午的最後定義——「該是逐漸老去的／讀書人，或者詩人／按季節吟哦的／雅會之一」（83）。

上述兩首詩呈現同樣的敘述結構和視野，以「奪標爲旨的龍舟競賽」＋「失去文化內涵的粽子」＋「按節吟哦的詩癖」等三個負面的元素，構成它的「節慶母題」。在新華端午詩當中，它是很突出的書寫方向。「屈原」往往排除於節慶焦點之外，徘徊在新加坡文化語境之邊緣，懸掛在某些文人和詩人的情懷裡面。郭永秀（1951-）在〈端午的故事〉裡，從非文人的生活視角來質疑節慶的存在價值：

　　這不是公共假期

　　報章上，看不到

　　鼓勵消費提醒大家歡慶節日的

　　廣告，也沒有人曾向他提起

　　甚至，跳字錶上的月分

　　明明是六月，不是

　　中學時代那曾令他

　　義憤填胸盪氣迴腸、久久不能自己的

　　節日　（郭永秀，1989a：27）

這是完全世俗化的大眾思維方式，這個社會必須透過大減價的消費行爲，才能確立「節慶」的存在價值。節日是傳統文化的「時間據點」，可在徹底西化／陽曆化的生活時間裡，陰曆的節氣意義在這條四季不分的赤道線上，就不是那麼顯著。直到妻子端上一顆「熱騰騰香噴噴

的粽子」,「那一截/斷絕多時卻又猝然湧現/令他不知所措的/歷史」(29),才模糊了他的淚眼。原來三閭大夫依舊深植在他潛意識的最底層,只不過陽曆化的生活時間表,強勢地統治著他(以及其他新加坡華人)的習性與思維。

如果龍舟是足以扭曲節慶內涵的意象,那粽子即是唯一具有召喚作用的文化符號。朱德春(1951-)在〈粽子〉一詩中,很慶幸地指出:「粽子的三角錐體/仍然完整保持/最初的稜角//我一口咬下/頓覺/內裡豐富的/料」(新加坡文協編,1994:94)。朱德春把民族習俗的起碼形式比喻成稜角;料,則是文化精髓的隱喻。在這個遠離漢文化母體的赤道島國,裹粽與食粽,就等於傳統文化精神的傳承?!

曾經留學台灣的名詩人淡瑩(1943-),她的〈詩魂〉將屈原裹進粽子的文化意涵裡面:

> 三閭大夫顯赫的身世
>
> 包裹在重疊的竹葉裡
>
> 脈絡分明,密實飽滿
>
> 從汨羅江流至江北江南
>
> 流至二千多年後的今天
>
>
> 繩子解開,葉子揭開
>
> 我雙手捧著的
>
> 是一齣有稜有角的歷史悲劇　　(淡瑩,1993:189)

也許只有「借重」粽子的存在,屈原才能「苟活」在節慶活動當中;雖然早已不為人知的「三閭大夫顯赫的身世」,只能「包裹在重疊的

竹葉裡」，但在詩人眼裡卻能讀出它的稜角和脈絡，以及悲劇的重量。不過，所謂的歷史悲劇在詩中點到為止，沒有進一步的鋪述或反省，我們無從得悉新加坡詩人用什麼樣的角度來定義這悲劇。

雖然新華詩人對粽子意象的經營，遠不及馬華詩人那般豐富和精彩，但它終究是一個必須提到的環節，因為他們相信「每個粽子都緊裹希望／淒然投水」（林也，1991：190），粽子儼然成為文化傳承的重要憑證；他們更希望在「粽子飄香的河畔／遊子攜著一囊詩袋／把紮根的脈搏／栽在悠悠／不隨波逐流的河底」（許福吉，1996：208-209）。粽子價值的維護，顯示了新華詩人確實產生泰華詩人的文化焦慮。

毫無疑問，「節慶母題」絕對是新華詩人經營之大宗。其他母題的創作不多，以流川（1958-）的〈魂兮歸來〉為例，就非常模式化地歌頌屈原：「千年以前，你是碩果僅存的一人／千年以後，你還是碩果僅存的一人／舉世混濁／唯你獨清」（南子主編，1989：138）；對屈原的人物性格、歷史角色、文學特質，都沒有深入的剖析，這種「招魂母題」的盲目謄抄活動，真是無遠弗及。

綜觀新加坡詩人筆下的端午，我們讀不到屈原的面目，著墨最多的是以龍舟為負值，以粽子為正數的「節慶母題」。透過這個母題，我們清楚看到【負面的龍舟＋正面的粽子＋中性的詩人＝端午】的深層結構，也看到新加坡文化語境對端午意義的改造和扭曲，看到零星的「舟子奮臂」，如何「ONE TWO！ONE TWO！」，使勁地划向他們無力改變的文化淺灘。

小結：朝北，從赤道遙望屈原的背影

　　就本文的論述範圍而言，印尼位居漢文化緯度的最末端，印華文學本來就不見規模，本文蒐尋所得的兩首太單薄，純屬詩人的感性抒懷，不足以構成論點。所以我們的論述始於中國大陸，終於新加坡。當我們朝北回顧不同緯度的屈原，即可清楚看到各地區對每個母題的選擇和詮釋都有各自的角度和深度。屈原、粽子、龍舟、詩人節等創作元素，在七個中文詩壇裡各自扮演不同的角色和比重。

　　新華詩人賦予龍舟和粽子，截然相反的文化價值；馬華詩人揭示了粽子的節慶內涵，流露了文化傳承的意識；泰華詩人站在湄南河畔，憂慮著龍舟（母體文化）的血統變異；菲華詩人面對殉國母題，流露出創作力的困乏；台灣詩人謄寫出創意十足，獨樹一幟的屈原形象；港澳詩人示範了僵硬的招魂動作；中國詩人則迫近屈原的殉國心理，提出動人的詮釋。

　　我們發現：離事件的震央越近，詩人就越逼近屈原的內心世界，焦點大多圍繞在「殉國母題」和「招魂母題」上面；到了台灣這個「最外側的中心」或「最內側的邊陲」，「殉國母題」、「招魂母題」、「流放母題」以及不可歸類的題旨都一一出現；可是一旦南下東南亞，詩人關注的卻是「節慶母題」，它的量也遠比漢文化中心地區來得驚人。也許我們可以這麼解釋：屈原的文學內涵和價值，在東南亞地區的文學／文化／教育語境中，找不到落足點。中文在這些非華語地區，本來就生存不易（尤其泰、菲、印），社會大眾的中國文學水平無法負荷《楚辭》的價值詮釋；即使華社常常提倡儒家思想，但真正有機會

接觸四書五經的華人，只有中文系的師生。所以節慶便成為保存／傳承漢文化的最佳途徑，而粽子和龍舟自然成為詩裡的主意象。「節慶母題」作為東南亞華文詩人贍寫屈原時，最大的創作誘因和選擇素材。因即是果，果亦是因。

　　雖然這只是亞洲中文現代詩的一次管窺，就屈原主題本身而言，必然有疏漏之處；但透過一百一十一首詩的研讀基礎，以及五十六首詩的重點論述，我們得以從中窺見各種贍寫屈原的筆法，以及各國政治／文化語境對此一主題書寫的影響。

參引篇目（111 首）：

中國大陸部分：12 首

任洪淵，1993，〈秭歸屈原墓〉，《女媧的語言》，北京：中國友誼出版社，pp.112-113。

李偉新，1996/05，〈燭光裡看屈原〉，《詩刊》，p.35。

沈天鴻，〈菖蒲〉，收入中國作協編，1998，《1997 年中國詩歌精選》，武漢：長江文藝出版社，pp.433-434。

徐其餘，1999，〈端陽〉，《1991-1995 卷世界華文新詩總鑑》，九龍：金陵書店，p.262。

梁曉明，1992/01，〈和屈原聊天〉，《創世紀》第 87 期，p.76。

陳江帆，〈端午〉，收入辛笛主編，1997，《２０世紀中國新詩辭典》，

　　　　　上海：漢語大詞典出版社，p.1036。

葉慶瑞，1996/01，〈五月的汨羅江〉，《詩刊》，pp.12-13。

賈桐樹，〈懷念屈子〉，收入中國作協編，1998，《1997 年中國詩歌精
　　　　　選》，武漢：長江文藝出版社，pp.160-164。

劉登翰，1989/08，〈端午〉，《創世紀》第 75 期，p.36。

鄧文國，1999，〈屈原〉，《1991-1995 卷世界華文新詩總鑑》，九龍：
　　　　　金陵書店，p.333。

蕭　　馳，〈詩人‧歷史‧傳說〉，收入老木編，1985，《新詩潮詩集》，
　　　　　北京：北大五四文學社，pp.471-473。

駱耕野，〈沉船〉，收入謝冕、唐曉渡主編，1993，《在黎明的銅鏡中》，
　　　　　北京：北京師大，pp.267-270。

港澳部分：18 首

公西華，1978，〈天問〉，《詩風》第 73 期，p.8。

王廣田，1978，〈五月頌〉，《詩風》第 73 期，p.10。

余光中，1978，〈漂給屈原〉，《詩風》第 73 期，p.2。

秀　　實，1978a，〈魂兮歸來〉，《詩風》第 73 期，p.9。

秀　　實，1978b，〈離騷〉，《詩風》第 73 期，p.10。

迅　　清，1978，〈屈原投江〉，《詩風》第 73 期，pp.4-7。

凌至江，1978，〈太息〉，《詩風》第 73 期，p.3。

秦　　羈，1978，〈望屈潭〉，《詩風》第 73 期，p.11。

寄　　廬，1978，〈九慨〉，《詩風》第 73 期，pp.12-14。

淘空了，1995，〈魂兮歸來吧！屈原〉，《黃昏的解答》，pp.117-119。

莫　礪，1990/04，〈五月初五〉，《詩雙月刊》第 6 期，p.70。

華克邪，1990/04，〈端午〉，《詩雙月刊》第 6 期，p.70。

雲　力，1996，〈龍舟水〉，《澳門新詩選》，澳門：澳門基金會，p.157。

飲　江，1997，〈懷一溺水者〉，《於是你沿著街看節日的燈飾》，香港：
　　　　呼吸詩社，pp.178-180。

黃國彬，1978，〈過汨羅江〉，《詩風》第 73 期，p.15。

黑教徒，1978，〈水魂〉，《詩風》第 73 期，p.9。

譚帝森，1997，〈悼屈原〉，《海洋公園之歌》，香港：香港文學報社，
　　　　pp.181-182。

羈　魂，1978，〈漁父〉，《詩風》第 73 期，pp.16-17。

台灣部分：16 首

王耀煌，1985/12，〈端午的情詩〉，《創世紀》第 67 期，p.28。

白　靈，1993，〈讀離騷〉，《沒有一朵雲需要國界》，台北：書林出版
　　　　社，p.105-106。

余光中，1981，〈淡水河邊弔屈原〉，《余光中詩選》，台北：洪範出版
　　　　社，pp.13-15。

余光中，〈召魂〉，收入向明主編，1991，《七十九年詩選》，台北：爾
　　　　雅出版社，pp.74-77。

周　鼎，1994/06，〈屈原〉，《創世紀》第 99 期，p.16。

林燿德，1989，〈屈原一年一度死一回〉，收入張默主編，《中華現代
　　　　文學大系・詩卷》，台北：九歌出版社，pp.1197-1199。

張　錯，1999，〈屈問〉，《張錯詩選》，台北：洪範出版社，pp.171-174。

梅　新，1992，〈新招魂曲〉，《家鄉的女人》，台北：聯合文學，pp.60-61。

梅　新，1998a，〈給屈原·之一〉，《梅新詩選》，台北：爾雅出版社，
　　　　p.139。

梅　新，1998b，〈給屈原·之二〉，《梅新詩選》，台北：爾雅出版社，
　　　　pp.140-141。

陳大爲，1994，〈招魂〉，《治洪前書》，台北：詩之華出版社，pp.36-41。

楊　平，1996，〈致屈原〉，《我孤獨的站在世界邊緣》，台北：詩之華
　　　　出版社，pp.62-63。

謝　青，1980/12，〈夢訪屈原〉，《創世紀》第 54 期，p.34。

鍾順文，1992/07，〈新引屈原〉，《藍星》第 32 期，p.87。

羅任玲，1998，〈端午〉，《逆光飛行》，台北：麥田出版社，pp.137-138。

羅智成，1982，〈離騷〉，《傾斜之書》，台北：時報文化，pp.104-118。

泰國部分：7首

司馬攻，〈五月總是詩〉，收入犁青主編，1991，《泰華文學》，香港：
　　　　匯信出版社，p.553。

李少儒，〈我獨醉詩香〉，收入犁青主編，1991，《泰華文學》，pp.544-546。

張　燕，1989/03，〈龍船廟裡的龍船〉，《亞洲華文作家雜誌》第 12
　　　　期，p.54。

劉　舟，1999/06/17，〈端午節〉，《泰國世界日報·湄南河副刊》。

龍　人，1999/06/18，〈不朽詩魂〉，《泰國世界日報·湄南河副刊》。

嶺南人，1991A，〈又是龍舟競渡〉，《結》，香港：詩雙月刊雜誌社，
　　　　pp.100-111。

嶺南人，1991B，〈致龍舟〉，《結》，香港：詩雙月刊雜誌社，pp.129-132。

菲律賓部分：4 首

心　田，1996/08/29，〈端午〉，《聯合日報・千島詩刊》第 330 期。

比利西，1989/07/13，〈五月詩魂〉，《聯合日報・千島詩刊》第 54 期。

吳天霽，1985/04/11，〈屈原〉，《聯合日報・千島詩刊》第 3 期。

和　權，1985/04/11，〈三閭大夫〉，《聯合日報・千島詩刊》第 3 期。

馬來西亞部分：40 首

方　昂，1987/07/05，〈投江〉，《星洲日報・星城》。

方　昂，1999/06/27，〈端午十四行〉，《星洲日報・文藝春秋》。

水　沫，1993/07/14，〈五月的浪聲〉，《南洋商報・南洋文藝》。

白　冰，1993/07/14，〈五月斷想〉，《南洋商報・南洋文藝》。

因　心，1993/07/12，〈端午吟〉，《星洲日報・星城》。

何乃健，1987/07/12，〈端午〉，《星洲日報・星城》。

何乃健，1994/06/15，〈裹粽〉，《南洋商報・南洋文藝》。

呂育陶，1998/06/07，〈端午 1998 斷想〉，《星洲日報・文藝春秋》。

巫群香，1993/06/05，〈覓，另一縷幽魂〉，《南洋商報・南洋文藝》。

李敬德，1989，〈五月組詩〉，收入張默主編，《七十七年詩選》，台北：
　　　　爾雅出版社，pp.98-103。

辛　桑，1993/07/14，〈投江前書〉，《南洋商報・南洋文藝》。

周梅艷，1995/06，〈龍舟賽〉，《亞洲華文作家雜誌》第 45 期，pp.54-55。

林海樹，1993/07/14，〈江聲〉，《南洋商報・南洋文藝》。

非　渡，1993/07/14，〈端午情緒〉，《南洋商報・南洋文藝》。

秋　山，1995，〈詩魂〉，《一樹芬芳等你》，吉隆坡：雪州福建會館，
　　　　pp.20-22。

范秀珊，1993/08/26，〈屈〉，《南洋商報・青蔥年代》。

唐　林，1995A，〈端午，端午〉，《夜渡彭亨河》，雪蘭莪：烏魯冷岳
　　　　興安會館，pp.140-141。

唐　林，1995B，〈吃粽子的端午〉，《夜渡彭亨河》，雪蘭莪：烏魯冷
　　　　岳興安會館，p.130。

唐　林，1998/12/30，〈端午節〉，《南洋商報・南洋文藝》。

柴可夫，1999/01&02，〈Ｙ２Ｋ端午〉，《蕉風》第 488 期，p.90。

荒野狼，1995/06，〈端午節〉，《亞洲華文作家雜誌》第 45 期，pp.65-66。

張光達，1995/07/18，〈端午的早晨〉，《星洲日報・文藝春秋》。

晨　露，1993，〈端午吟〉，收入晨露、萬川、雁程著，《拉讓江・夢一般輕盈》，
　　　　詩巫：中華文藝社，pp.19-24。

欲　醉，1993/07/14，〈詩人的血卻讓江水浴透〉，《南洋商報・南洋文
　　　　藝》。

莫澤明，1997a，〈粽魂〉，《夢在無我的城邦》，吉隆坡：雪隆海南會
　　　　館，pp.62-63。

莫澤明，1997b，〈端午即景〉，《夢在無我的城邦》，吉隆坡：雪隆海
　　　　南會館，pp.66-67。

陳大爲，1997，〈屈程式〉，《再鴻門》，台北：文史哲，pp.37-44。

陳強華，1998，〈離騷七章〉，《那年我回到馬來西亞》，吉隆坡：彩虹
　　　　出版社，pp.37-40。

游　川，1989，〈粽子〉，《蓬萊米飯中國茶》，吉隆坡：紫藤，p.52。

黃榮新，〈歡迎你，屈原〉，收入胡金倫編，1994，《圖一方心田——
　　　　第八屆全國大專文學獎專輯》，吉隆坡：堂聯，pp.260-262。

楚　楓，1993/07/14，〈裹粽〉，《南洋商報·南洋文藝》。

萬　川，1993，〈在文明的城……〉，收入晨露、萬川、雁程著，《拉讓江·
　　　　夢一般輕盈》，詩巫：中華文藝社，pp.74-79。

葉　明，1994/06/29，〈端午，你好！〉，《南洋商報·南洋文藝》。

葉　明，1995，〈假如你來〉，收入葉明、李宗舜合著，《風的顏色》，
　　　　吉隆坡：凡人創作坊，pp.23-25。

碧　澄，1989/03，〈吃粽子偶感〉，《亞洲華文作家雜誌》第 12 期，
　　　　p.44。

劉育龍，1999a，〈失落〉，《哪吒》，吉隆坡：彩虹出版社，pp.2-4。

劉育龍，1999b，〈漂給龍舟〉，《哪吒》，吉隆坡：彩虹出版社，pp.12-14。

劉育龍，1999c，〈屈原自盡〉，《哪吒》，吉隆坡：彩虹出版社，pp.34-36。

魯　鈍，1993/06/05，〈粽子〉，《南洋商報·南洋文藝》。

靈繽兒，1987/07/05，〈城中歸來〉，《星洲日報·星城》。

新加坡部分：12 首

朱德春，1994，〈粽子〉，收入新加坡文協編，《赤道線上的戀歌》，北
　　　　京：中國文聯，p.94。

林　也，1989，〈龍舟賽事〉，收入南子主編，《五月現代詩選》，新加
　　　　坡：五月詩社，pp.82-83。

林　也，1991，〈端午〉，收入新加坡文協編，《新加坡當代華文文學

大系》，北京：中國華僑，pp.189-190。

長　謠，1995，〈端午奇遇〉，《三夜》，新加坡：新華文化事業，
　　　pp.112-114。

南　子，1989，〈水祭〉，收入南子編，《五月現代詩選》，新加坡：七
　　　洋出版社，pp.112-113。

流　川，1989，〈魂兮歸來〉，收入南子主編，《五月現代詩選》，
　　　pp.138-139。

淡　瑩，1993，〈詩魂〉，《髮上歲月》，新加坡：七洋出版社，pp.189-191。

許福吉，1996，〈端陽五帖〉，《塵慮靜看》，新加坡：雲南園雅舍，
　　　pp.205-209。

郭永秀，1989a，〈端午的故事〉，《筷子的故事》，新加坡：七洋出版
　　　社，pp.27-29。

郭永秀，1989b，〈你的名字〉，《筷子的故事》，新加坡：七洋出版社，
　　　pp.118-119。

陳　劍，1994，〈端午有感〉，《無律的季節》，新加坡：新加坡作協，
　　　p.153。

懷　鷹，1989，〈五月〉，《花總》，新加坡：長屋出版社，pp.90-91。

┌─────────────┐
│ 印尼部分：2 首 │
└─────────────┘

柔密歐・鄭，1991/11&12，〈端午〉，《蕉風》第 445 期，p.54。

謝夢涵，1999/12，〈五月詩魂〉，《新華文學》第 48 期，p.21。

後 記

　　一直以來我都把文學評論視爲一種創作，不但要流暢、淸楚、準確，更重視語言的氣勢和論述的節奏感，而且每篇論文本身必須是完滿自足的。在引述或節錄詩作之際，我總是希望做到讓讀者不必翻查原作，便可以從引文和論述的相互對照中，淸楚讀到所有的訊息；至於引文和論述之間，則保持一定的篇幅比例，前者萬萬不能喧賓奪主。

　　其次，我的評論傾向於細部的文本詮釋，直接切入詩作本身，讀出隱藏在字裡行間的訊息，再組織成篇。我不喜歡天馬行空或無所依據地，去討論一些大而無當的問題；更不喜歡盲目引用一大堆艱澀的理論，來恐嚇那群本來就視詩爲畏途的讀者。詩評的目的就是把不淸楚的說淸楚，而不是把詩弄得更抽象、更艱澀難懂。

　　這本詩論集主要收錄我在唸博士期間的八篇論文，外加一篇前後修訂了三次的碩士時期之少作，共九篇。因爲它幾乎涵蓋了全亞洲的華人地區，所以取名爲《亞細亞的象形詩維》。

　　依據討論對象的地域，此書區分成四卷：

　　【卷一：台灣現代詩】有三篇，其中〈虛擬與神入——論羅智成詩中的先秦圖象〉是我最喜歡的一篇，原稿發表在《聯合文學》（1999/03），後來又在篇末增訂了一千多字的論述，讓它更完整。〈在語字中安排宇宙——讀洛夫的《魔歌》〉是應「台灣經典文學研討會」（1999/03）而寫的短論文，先是在《創世紀》上轉載，後來又改了一些小地方。此文乍讀之下有點怪異，因為固有的論述方式令我感到十分厭煩，便嘗試把讀者（「你」）的角色和閱讀反應預設在論述當中，並使用較散文化的論述語言。我曾想把它改寫得更學術化，但後來又放棄了。〈胃的殖民史——台灣現代詩裡的速食文化〉則是從博士論文中節錄出許多「片斷」，再用另一個的角度重鑄成篇，在「台灣現代詩研討會」（2000/08）上發表，事後按照講評的方向略作補充。之後，再借此回過頭去補強博士論文。簡而言之，這三篇論文都經過一千字上下的小修訂。

　　【卷二：大陸當代詩歌】只有兩篇，都是 1998 年的作品。我一向對大陸當代詩歌很感興趣，他們呈現一幅十分恢宏的創作氣象和景觀，跟台灣的島國氣象很不一樣。可這本土意識高漲的時代，在台灣越來越難讀到大陸當代文學的評論，連資料都很難找。我前後花了五年時間，才把江河的十二首《太陽和他的反光》系列詩作蒐齊，不然就寫不出這篇〈英雄神話和他的文化疲憊——細讀江河的神話組詩《太陽和他的反光》〉。〈歷史的想像與還原——關於大雁塔的兩種書寫態度〉處理了兩位重要詩人的兩首詩，像一場朦朧詩與後朦朧詩的大對決。

後來實在忍不住，我就寫了一篇〈我沒有到過大雁塔〉的散文，換另一種筆法來刻劃（參與）這場大對決。

【卷三：馬華現代詩】收了三篇跟我息息相關的論文，〈感官與思維的冷盤——九〇年代馬華新詩的都市影像〉和〈街道的空間結構與意義鏈結——馬華現代詩的都市書寫〉分別是1997和1999年馬華文學國際研討會的論文，也是博士論文的基礎，尤其後者更成為第二章的主架構。至於〈蛹的橫切面——葉明詩中的蛻變與不變〉，原來是為了故友葉明的專輯而寫，1995年在《南洋文藝》發表的版本只有五千字，1996年在《華文文學》發表時增訂到八千字，2000年因應《馬華文學讀本 II》的編撰計畫所需，增訂到一萬兩千字，完整分析了葉明的創作面貌。

【卷四：亞洲綜論】只有一篇，但它的篇幅特大，相當於兩篇研討會論文。1999年完成的〈贗寫屈原——管窺亞洲中文現代詩的屈原主題〉原稿只有一萬一千字，可是無論資料或論述架構都很不理想。後來我到南方學院的馬華文學館、新加坡大學圖書館、香港中文大學圖書館收集了更多的資料，加上金倫學弟珍藏的一批剪報（在此要特別感謝他），大大充實了論述的基礎。由於這些詩篇蒐集不易，故本文盡可能徵引較精要的部分，當作另一種形式的存檔。我借用主題學來全面重寫，把篇幅整整擴大了一倍有餘，高達二萬四千多字，在2000年底重新發表，成為本書唯一涵蓋所有亞洲華人地區的論文。不過我還是覺得很可惜，因為這個題材足以發展成一部十餘萬字

的學位論文，或一部主題學的專著。

　　亞洲華文文學研究，在台灣可說是最冷門的人文學科，沒有資源，非但永遠成不了顯學，連一門相關的課都很難開得成。可它對我而言，彷彿是一種宿命式的召喚，身不由己地踏上這條既漫長又寂寞的路。

　　本書編排期間，我在《香港文學》和《華文文學》等刊物陸續發表了五篇相關的論文，由於它們都以全貌嵌入／融入博士論文，所以不宜重覆。此外，必須說明的是：這九篇論文分別使用 MLA 及傳統論文格式，為了保留原貌，在此不予統一。各篇論文的發表時間和刊物名稱也不一一說明，反正它不影響論文的實質水平。

　　在出版前夕，校畢全書，赫然發現我寫得比較好的都是個別詩人的專論（譬如羅智成和江河），因為焦點集中在單一主體身上，所以可以挖掘得很深。同時也發現：評論對象的詩作水平，直接影響到論文的整體表現。這個「共振」現象，在撰寫博士論文《亞洲中文現代詩的都市書寫（1980-1999）》時，體悟最深。

陳大為

2000/12/16

國家圖書館出版品預行編目資料

亞細亞的象形詩維／陳大爲著. --初版. --
臺北市：萬卷樓，民 90
面； 公分

ISBN 957-739-315-2(平裝)

1.中國詩-現代(1900-)-評論-論文,講
詞等
821.886   89018295

亞細亞的象形詩維

著　　　者：陳大爲
發　行　人：許錟輝
出　版　者：萬卷樓圖書有限公司
　　　　　　台北市羅斯福路二段 41 號 6 樓之 3
　　　　　　電話(02)23216565・23952992
　　　　　　FAX(02)23944113
　　　　　　劃撥帳號 15624015
出版登記證：新聞局局版臺業字第 5655 號
網 站 網 址：http://www.wanjuan.com.tw/
E　-mail：wanjuan@tpts5.seed.net.tw
經 銷 代 理：紅螞蟻圖書有限公司
　　　　　　台北市內湖區文德路 210 巷 30 弄 25 號
　　　　　　電話(02)27999490
　　　　　　FAX(02)27995284
承 印 廠 商：晟齊實業有限 公司
定　　　價：240 元
出 版 日 期：民國 90 年 1 月初版

ISBN 957-739-315-2